작지만 아름다운
유럽 도시 기행

스위스 · 리히텐슈타인 · 이탈리아 · 산마리노 · 모나코 · 프랑스 · 안도라 · 스페인 · 영국 · 독일

역사의 기록을 찾아서

작지만 아름다운

유럽 도시 기행

이효선 지음

문학공감

몇 년 전에 펴낸 졸저, 『지구촌 문화의 빛과 그림자』에는 우리보다 '삶의 질'이 조금 떨어지거나 발전이 더딘 나라들의 모습이 주로 실려 있었다. 그 후 잘 사는 나라들의 여행기도 정리해 둘 필요성을 느꼈는데 그게 이런 모양으로 나오게 될 줄은 나 자신도 몰랐다. 왜냐하면 원래 계획은 미국, 영국, 독일, 일본 등 이런 나라들의 여행기를 중심으로 오늘날 세계에서 비교적 잘나간다는 선진국의 모습을 그려보고 싶었기 때문이다.

이런 계획이 작은 유럽의 도시를 관광하는 것으로 바뀐 까닭은 그저 단순한 이유에서였다. 이미 써 놓은 큰 나라들의 여행기 분량이 아주 방대했기 때문이기도 하지만 지난 5년 동안에 방문한 유럽의 작은 도시들을 돌아보는 것도 재미있을 거라고 생각했기 때문이다.

프랑스에서 안도라에 이르는 8개국은 2018년 6월 26일부터 12일 동안, 북아일랜드를 포함한 영국은 2017년 4월 20일부터 10일간 다녀왔으며, 독일은 2015년 8월 20일부터 20일 동안 여행을 했다. 그리고 이 나라들 중 대부분은 전에 두서너 번씩 다녀온 적이 있었던 나라들이다.

물론 도시의 규모나 인구규모가 작다고 해서 무조건 포함시킨 것은 아니다. 자연환경도 아름답지만 역사와 이야기를 담고 있는 도시를 주로 뽑았다. 각 도시와 관련된 이야기들은 모든 자료들을 참조했지만 대부분 현지에서 얻은 팸플릿이나 설명 판에 적힌 영문을 그대로 옮겨 놓은 것이 많다. 아무래도 현지에 제시해 놓은 설명이 사실과 더 가깝다고 생각하기 때문이었다.

유럽의 소도시들을 보고 난 후의 아름다운 잔상은 아직도 나의 머릿 속에 남아 있다. 여러 나라의 작은 도시들을 구경하면서 제일 부러웠던 것은 모든 도시에서 느낄 수 있었던 맑은 공기를 비롯한 쾌적한 자연환경이었다. 경제성은 모르겠지만 도시의 '삶의 질'을 측정하는 환경의 쾌적성, 안전성, 건강성, 편리성 등의 지표에서 모두 손색이 없는 도시들이라는 느낌을 받았다. 사진 찍기에 서툴러서 밝은 사진이 몇 장 안 되지만 배경은 언제나 아름다웠다.

또 한 가지 부러웠던 점은 각 나라의 균형발전이었다. 특히 한국보다 땅이 크건 작건 모든 나라들의 소도시들이 아름답게 발전되어 있어서 역시 잘 사는 나라들은 다르구나 하는 생각이 들었다. 서울서 천안까지 펼쳐지는 고속도로상의 끊임없는 차량행렬 같은 광경은 어디서도 볼 수 없었다.

나는 수년간에 걸쳐 유럽의 작은 도시들을 보면서 한국의 산업화와 민주화는 아직도 진행 중이라는 생각을 떨쳐버릴 수가 없었다. 산업화는 한 나라의 물적 토대를 구축하는 것에 기여하는데 지역 간에 불균형 발전이 지속되는 한 산업화가 완전히 이루어졌다고 볼 수는 없다. 불균형 발전은 차별과 배제를 구조화시킴으로써 특혜와 기득권에 대한 논란을 끊임없이 일으킨다.

민주화 역시 절차의 정당성과 합리성을 강조하지만 자신의 생각과 주

장을 소중하게 여기듯 다른 사람의 의견도 존중하는데 민주주의의 참뜻
이 있다. 한마디로 이기주의를 벗어나야만 한다. 그런데 한국 사회에서는
지연, 혈연, 학연이 작용하고, 거기에다 지위와 경제적 이해관계 그리고
권력을 둘러싸고 치열한 경쟁이 일어나고 집단 이기주의가 판을 치면서
사회는 사시사철 집단행동과 시위로 몸살을 앓고 있다.

마지막으로 유럽 각국은 인구감소에 대한 걱정도 우리보다 심각하지
않은 듯했다. 앞으로 10년 후인 2029년이 되면 한국의 인구는 급속하지
는 않지만 조금씩 줄어든다고 한다. 또한 내년부터는 한국 인구 중 생산
활동 인구가 조금씩 감소한다는데 유럽의 이 나라들도 한국 못지않게 고
령화가 높은데도 인구가 조금씩 늘고 있다고 하는데 어떻게 이민정책을
계획하고 추진하고 있는지 부러운 생각이 들었다. 한국은 아직도 갈 길
이 멀다고 느끼는 것은 나뿐만일까?

이 책은 주위에 있는 많은 선배와 후배들, 그리고 친구들이 평소에 많
이 격려해준 소산이기도 하다. 고교와 대학 시절부터 본 친구들, 경향신
문사에서 만난 선배 기자들과 동기생들로 이루어진 경구회, 중앙대에서
비슷한 시기에 퇴직한 교수들의 모임인 금사회, 이제까지 주말마다 나의
건강을 챙겨준 45년 역사의 테니스 동호인 클럽인 구반포의 한샘 클럽과
또 다른 화목회 클럽의 모든 분들에게 감사를 드린다. 특히 한샘 클럽의
원로 회원들이 건강하시기를 기원한다.

그리고 매월 한 번씩 만나는 고교 동창생들은 물론이고 고궁과 공원산책을 위해 모이는 수월회, 이 모든 모임에서 만난 분들에게 감사드린다. 또한 세계 여러 나라들을 여행하고 돌아온 뒤 여행기를 올리면 꼭 논평해준 普成 동기생 49카페 회원들에게도 고마움을 전하고 싶다.

또한 아버지의 납북 때문에 인연을 맺게 된 6·25전쟁납북인사가족협의회(Korean War Abductees' Family Union)의 이미일 회장님에게 감사를 드린다. 그리고 6·25 전쟁 UN참전용사들에게 감사편지 쓰기 운동을 주관하는 '품앗이 운동본부'의 이경재 이사장님에게도 고마움을 전하고 싶다. 사이비 NGO가 범람하는 요즘 20년 동안 많은 어려움을 극복해 온 위의 두 NGO의 헌신적인 노력에 격려의 박수를 보낸다.

중앙대와 나의 인연은 두 학과에 걸쳐 있다. 1981년부터 중앙대 사회복지학과에서 만난 선배, 후배 교수들과 많은 제자들, 그리고 인생 말년에 나에게 큰 보람을 느끼게 해준 사회학과의 모든 후배 교수들, 제자들, 또 학과와 별 인연이 없으면서도 오늘날 이 학과를 한국 사회학계에서 우뚝 설 수 있게 지원해 준 모든 분들에게 이 기회를 빌려 특별한 감사를 드리고 싶다.

수년 전 그 많은 출판사 가운데서도 지식공감 김재홍 대표님을 만난 것은 나에게는 행운이었다. 벌써 5년이 넘었지만 졸저인 『지구촌 문화의 빛과 그림자』가 처음 나왔을 때의 감동을 잊을 수가 없다. 그 책이 문광부에 의해 우수도서로 지정된 것은 오로지 출판사 덕분이었다. 다시 한번 지식공감의 김 대표님과 편집위원들에게 감사를 드린다.

　이 여행기를 나의 아내와 딸에게 바친다. 우리 가족은 때로는 셋이서, 때로는 둘이서 많은 나라를 여행했지만 독일과 일본 두 나라를 배낭을 꾸려서 자유여행을 한 것이 가장 추억에 남는다. 그동안 여러 나라들을 둘러본 후 이것저것 배우려고 노력한 덕분에 이 책이 그나마 세상에 나올 수 있었다. 그래도 여전히 흠이 많은 책이지만 독자들의 양해를 구하면서 여기서 붓을 놓는다.

사당동 우거에서

2019년 7월

Contents

작지만 아름다운
유럽도시 기행

 내가 처음 유럽 대륙을 밟은 것은 1981년 8월 어느 날이었다. 뉴욕의 한 여행사 주선으로 패키지여행의 일원으로 아내와 함께 처음 유럽을 구경했다. 1969년 8월 말 미국 유학길에 올라 30대를 온통 미국에서 보내고 처음 나들잇길에 오른 셈이다.

 미국에 온 지 2년도 채 안 되었던 대학원생일 때, 겉만 번지르르 한 8기통짜리 대형 중고차를 한 흑인으로부터 샀다. 어느 날 대로상에서 타이어가 펑크 나서 스페어타이어와 도구를 내놓고 어쩔 줄 모르고 있었는데 30대의 한 백인이 오더니 뚝딱 하고 바퀴를 달아주고는, "이런 것이 미국식이요(This is the American way)." 하면서 씩 웃고 가버렸다.
 물론 이 일이 고맙기도 하지만 여기서 내가 말하고자 하는 것은 이런 광경은 미국문화의 일부라는 점이다. 광활한 대륙의 기운이 사람들의 매너에 일부 영향을 끼치고 있는지는 몰라도 시원시원한 점을 느낄 때가 많았다. 최소한 70년대의 미국은 그랬다. 도쿄의 한 약국에서 지불할 돈을 곽 속에 넣으라고 고객에게 요구한 후 돈을 받는 약국 점원의 태도와 모르는 사람의 자동차 바퀴를 달아주고 홀쩍 떠나 버린 30대 백인의 행동은 모두 다 그 나라가 가지고 있는 문화의 단면을 나타내 준다는 인상을 받았다.

▲ 작지만 아름다운 나라와 도시를 돌아보는 12일 동안의 여행 경로

마찬가지로 거의 40년 전 유럽의 작은 나라들과 이태리와 프랑스를 처음 봤을 때 미국에서는 느낄 수 없었던 문화와 전통의 냄새를 흠뻑 맡을 수 있었다.

이번에 방문하는 작지만 아름다운 나라들에서는 무엇을 느낄 수 있을까? 설렘과 기대를 반씩 가지면서 한편으로는 나이 때문에 이번이 마지막 유럽여행이라는 마음으로 2018년 6월 26일 헬싱키행 비행기를 탔다. 기내 1박을 포함해서 11박 12일간의 이번 여행의 첫 목적지는 스위스의 작은 도시들이다.

스위스 *Switzerland*

아름다운 산천에 둘러싸인
취리히와 벨린초나

취리히는 인천공항에서부터 약 9시간 35분이 소요되는 핀란드의 헬싱키를 경유, 그곳에서 2시간 30분을 대기한 후 다시 비행기를 타고 약 2시간 45분이 지난 뒤에야 도착할 수 있었다. 비행시간만 넉넉잡고 13시간으로 약 10시간이 소요되는 헬싱키까지의 여정이 제일 문제였다. 그래도 기내에서 잠을 못 자는 습성 때문에 수면은 기대할 수 없어도 마시는 것만 절제하면 화장실 가는 빈도는 어느 정도 조절 할 수 있을 것 같았다. 취리히에 도착해 바로 호텔에 투숙, 관광은 그다음 날부터 시작했다.

아주 오래전부터 우리들에게 스위스(Switzerland)는 세계에서 가장 살기 좋은 나라로 알려져 왔다. 유럽 중부에 위치하고 있는 스위스의 수도는 베른(Bern)이다. 2018년 기준으로 약 854만 명의 인구를 가지고 있는 스위스의 면적은 41,285㎢로 한반도 면적이 223,000㎢인 것을 고려하면 약 5분의 1에 지나지 않는 작은 나라이다.

스위스는 프랑스, 독일, 오스트리아, 이탈리아와 국경을 접하고 있는데 북쪽으로는 독일, 동쪽으로는 오스트리아, 서쪽으로는 프랑스, 남쪽으로는 이탈리아와 국경을 접하고 있어서 교통의 요충지나 다름없다. 따라서 여러 나라의 언어가 통용되고 있는데 인구의 65%가 독일어를,

18.4%가 프랑스어를, 9.8%가 이탈리아어를 쓰고 있다. 1인당 국민소득을 봐도 스위스는 잘 사는 나라임에는 틀림이 없다.

자료의 출처는 다르지만 2017년 기준으로 대략 6만 달러를 상회한다. IMF는 61,360달러, 세계은행은 65,006달러, CIA 자료는 61,400달러를 기록하고 있다. 산업은 시계, 정밀기계를 비롯한 기계류, 금융업, 화학산업이 성하고 국제무역도 활발한 편이다. 스위스의 수도 베른은 인구가 약 100만, 취리히는 약 35만 4,500명, 바젤은 약 17만 6,200명, 제네바는 15만 9,500명이다.

베른에서 동남쪽으로 한 시간 남짓한 거리에 호수가 둘 있고 그 중간에 호수 사이라는 뜻의 인터라켄(Interlaken)이라는 소도시가 있으며 이곳은 융프라우로 가는 길에 있다. 또 몽블랑은 이탈리아와 프랑스의 중간에 있으며 프랑스 쪽의 샤모니라는 곳이 그렇게 아름답다고 20여 년 전에 들은 바 있다. 스위스를 세 번째 오기는 했지만 10여 일씩 묵으면서 스위스 한 나라만 자세히 보았으면 얼마나 좋았을까? 내가 좀 더 젊었으면 꼭 해보고 싶었던 여행이었다.

지도에 나와 있는 대로 벨린초나(Bellinzona)는 스위스 남부에 위치하고 있는데 그곳으로 가는 도중에 리히텐슈타인이 있다. 따라서 스위스 취리히 다음으로 우리가 간 곳은 아주 작은 나라인 리히텐슈타인의 수도인 파두츠이다. 그런데 스위스의 도시 관광이 끝나지 않은 상태에서 또 다른 나라의 이야기를 하는 것이 맞지 않아서 이 여행기에서는 벨린초나에 가서 계속 스위스 이야기를 한 뒤에 리히텐슈타인의 파두츠를 관광하려고 한다.

▲ 스위스의 취리히를 관통하고 있는 리트마강
▼ 린덴호프 언덕의 공원에서 바라본 취리히의 모습

▲ 스위스에서 가장 큰 로마네스크 양식의 그로스뮌스터 교회
▼ 성 피터 교회와 백조가 서로 마주 보는 것 같은 모양이 재미있다.

작지만 아름다운 유럽 도시 기행

▲ 관광객들이 있는 성은 카스텔그란데, 그 앞의 성은 사스 코르바르, 거기서 똑바로 위에 보이는 성이 몬테벨로다.

▼ 카스텔그란데는 세 개의 성 중에서 가장 오래되었고 크기도 가장 크다.

벨린초나는 따듯한 남쪽 기후와 이탈리아 문화가 공존하고 있는 스위스 속의 작은 이탈리아라고 할 수 있는 도시이다. 벨린초나에는 2000년 유네스코에서 세계문화유산으로 지정된 세 개의 성이 있는데 카스텔그란데, 카르텔로 디 사스 코르바르와 카르텔로 디 몬테벨로가 바로 그 성들이다.

한국 관광객들 중에는 자동차를 렌트해서 이 성 세 개를 모두 돌아보는 사람들도 있지만 우리는 오직 이 세 개의 성 중에서 가장 오래된 카스텔그란데만을 구경했을 뿐이다.

1,250년에 건축된 이 성은 셋 중에서 가장 크며 성벽이 도시를 둘러싸고 있다. 벨린초나는 로마시대에 티치노강 유역의 고지에 건설된 도시로 여러 나라에 걸쳐 소속이 바뀌다가 1500년 이후부터는 스위스에 속해서 티치노주의 주도가 되었다. 이탈리아에 인접해 있는 이곳 시민들의 대부분이 이탈리아계로서 이탈리아어가 주로 통하는 도시이다.

스위스는 국토의 4분의 1이 알프스 산맥에 둘러싸여 있는데 해발 4,000m가 넘는 산이 아홉 개나 되고 몽블랑이 4,807m, 융프라우가 4,158m나 된다. 전에 스위스에 왔을 때는 루체른(Luzern)이라는 도시를 보았는데 '빈사의 사자상'을 구경한 적이 있다.

이 사자의 조각상은 유럽에서 명성을 날리던 스위스의 용병(mercenary)을 형상화한 것이라고 한다. 심장에 창이 박혀 쓸쓸하게 죽어가는 사자의 모습은 프랑스 혁명이 일어났을 때 루이 16세와 왕실을 위해 목숨을 바친 786명의 스위스 용병의 명복을 위해 만들었다고 한다. 비록 돈을 받고 고용되었다고 하더라도 이 얼마나 위대한 인간들의 모습인가?

또한 리프트를 타고 산에 올라가 비탈진 산에서 목에 큰 방울을 달고 소들이 풀을 뜯고 있는 광경도 구경했는데 얼마나 인상이 깊었는지 아직도 생각이 난다. 그때의 관광에 비하면 이번 스위스 여행은 단조롭기 짝이 없었다. 이렇게 끝날 수는 없고 스위스에서 태어나거나 활동한 사람들의 이야기와 알프스 산악의 광경도 보면서 스위스에 관한 이야기를 좀 더 하려고 한다.

'스위스' 하면 제일 먼저 떠오르는 것이 알프스와 자연환경의 아름다움이다. 스위스가 이렇게 알프스 산맥의 이미지와 오버랩되는 까닭은 두 가지인데 국토의 대부분이 알프스에 걸쳐있고, 또한 융프라우 등 이름 있는 알프스의 봉우리들이 스위스에 있기 때문이다.

물론 앞에서도 말한 바 있지만, 알프스의 최고봉인 몽블랑과 세계적으로 유명한 생수인 에비앙의 수원지는 프랑스에 있다. 뿐만 아니라 북부 이탈리아도 알프스를 끼고 있으며 심지어는 오스트리아, 리히텐슈타인과 슬로베니아에까지 알프스는 뻗어있다. 그러나 스위스에는 무엇보다도 해발 1,620m의 알프스 자락에 위치해 있으면서 '초원의 뿔'이라고 불리는 마터호른과 유명한 알프스의 봉우리들을 어디서나 감상할 수 있는 체르마트라는 도시도 있다.

평지와는 다르게 알프스 산맥의 정상에는 사시사철 눈이 녹지 않은 빙하가 존재하며 동계 올림픽이 가장 많이 개최된 곳도 알프스이다. 1924년 샤모니 동계 올림픽으로부터 2006년 토리노 동계 올림픽에 이르기까지 약 열 번의 동계 올림픽이 알프스 각지에서 개최되었다. 예로부터 산수가 수려한 곳에서 인물이 많이 난다는 말이 맞는 것일까?

▲ 차창을 통해 본 스위스의 마을과 알프스 산의 모습

오른손에는 성경, 왼손에는 대검을 쥐었다고 하는 실천적 종교개혁가인 츠빙글리, 언어학자인 소쉬르, 분석 심리학자인 칼 융, 우리가 너무나도 잘 아는 페스탈로치를 비롯해서 전 세계에 많은 팬을 가지고 있는 테니스 스타 로저 페더러에 이르기까지 수많은 사람들이 스위스에서 태어났다. 스포츠 이야기가 나와서 말인데 세계 축구와 월드컵의 본산인 FIFA는 취리히에 있다.

또한 세계 1차, 2차 대전에 개입을 거부했던 영세(永世) 중립국(permanently neutralized state)인 스위스에는 과거에 제임스 조이스, 토마스 만, 헤세, 아인슈타인 등이 망명했다. 조금 기묘한 경우는 1917년 러시아로 돌아가기 전까지 10년 동안 레닌이 스위스에 망명을 했었고, 런던에서 태어난 찰리 채플린도 미국의 우파가 그를 공산주의자라고 낙인을 찍자 유럽에서 살기로 결심, 스위스에 정착했던 일이 있다.

스위스 관광을 마치면서 13세기 오스트리아의 압제에 저항하면서 자유를 위해 싸운 스위스 사람들의 정신적 구심점인 '윌리엄 텔' 이야기를 빼놓을 수 없다. 원작인 프리드 실러의 '윌리엄 텔'은 스위스의 민족적 영웅을 묘사하고 있는데 작곡가 로시니는 1829년 이것을 오페라인 〈윌리엄 텔 서곡〉으로 만들었다.

리히텐슈타인 *Liechtenstein*

작은 나라 리히텐슈타인의
수도인 파두츠

파두츠가 수도인 리히텐슈타인은 1981년에 한 번 방문했지만 별 기억이 없었으며 이번에 다시 보니 역시 작은 나라일 뿐이었다. 리히텐슈타인은 1719년 파두츠와 셸렌베르크가 합병하여 리히텐슈타인이 되고 신성로마제국에 속해서 1815년 독일연맹에 가입했으나 1866년 독립을 이루었다.

2018년 기준, 인구는 고작 38,155명밖에 안 되고 공식 언어는 독일어이며 국민의 대부분은 가톨릭교도이다. 행정부는 총리 1명, 부총리 1명과 국왕이 지명하는 3명의 장관이 있을 뿐이고, 소수의 경찰력을 유지하면서 외교, 군사, 재정은 스위스에 일임하고 있으며 대사관도 유일하게 스위스에만 두고 있다.

미국 CIA의 통계자료에 의하면 추정치이기는 하지만 2009년 기준, 리히텐슈타인의 1인당 국민소득은 139,100달러로 세계 1위이다. IMF와 World Bank의 자료에는 리히텐슈타인이 안 나와 있다. 출처를 알 수 없는 한 자료에도 2018년 3월 기준, 리히텐슈타인은 세계 1위로 170,373달러나 된다. 중공업은 없고 소규모의 제조업체가 전국에 흩어져 있을 뿐인데 이렇게 1인당 국민소득이 높다니 신기할 뿐이다.

▲ 수도인 파두츠에 있는 리히텐슈타인의 행정부 청사 건물
▼ 왼쪽의 삼각형 건물이 국회의사당, 바로 산 위에 왕궁이 있다.

▲ 자전거 앞에 놓인 우편물 뭉치와 우체부의 모습

전국이라고 해봐야 남북으로 25㎞, 동서로 6㎞로 뻗어 있고 면적은 160.4㎢에 불과해 제주도보다도 작고 서울의 4분의 1에 지나지 않는다. 세계에서 여섯 번째로, 유럽에서 네 번째로 작은 나라이고 관광과 우표 판매가 국가수입의 일부를 이루고 있다. 앞에서도 말한 바 있지만, 리히텐슈타인의 우정박물관에는 1912년 이후 국가에서 발행한 우표를 포함해서 많은 우표들이 전시되었는데 우표를 판매해서 국가수입의 일부를 충당하는 경우는 흔치 않은 일이다.

리히텐슈타인은 또한 법인세가 낮은 나라이기 때문에 세금을 절약하기 위해 세계 각국의 회사들은 리히텐슈타인에 서류상의 회사(paper company)들을 많이 가지고 있었다. 따라서 이들 회사들로부터 나오는 수입이 국가예산의 30%나 된다.

▲ 파두츠 거리에 있는 벌거벗은 두 남성의 조각상
▼ 파두츠 거리의 한 모퉁이에 누워 있는 나부의 조각상

리히텐슈타인의 왕궁은 16세기에 건축되었다고 하는데 현재는 입헌군주국인 리히텐슈타인의 대공인 한스 아담 2세(Hans Adam II)의 거처로 일반인에게는 공개되지 않는다고 한다. 그래도 외부는 볼 수 있다고 했는데 우리가 갔을 때는 수리 중이었다고 해서 외관을 보는 것마저 포기하고 언덕을 올라가 보지도 않았다.

스위스와 오스트리아 사이에 위치해 있는 리히텐슈타인의 산하를 차창을 통해 마지막으로 보면서 이탈리아 북부에 있는 작은 도시 꼬모(Como)를 소개하려고 한다. 이탈리아도 오래전에 몇 번 가보았지만 모두 로마와 베니스, 플로렌스 등과 같은 유명한 관광지만 구경했다.

물론 이탈리아 남부의 폼페이와 나폴리, 특히 나폴리에서 배를 타고 가본 카프리 섬의 절경은 두고두고 기억에서 사라지지 않았다. 그러나 이번에 보게 될 북부 이탈리아의 작은 세 도시, 꼬모, 베로나, 라벤나는 처음 가보는 도시들이라 어떤 곳인지 궁금하기도 하고 기대를 가지고 스위스에서 국경을 넘어 이탈리아로 들어갔다.

이탈리아 *Italy*

산과 호수가
아름다운 꼬모

　밀라노의 북부에 있는 꼬모(Como)는 북이탈리아에서 가장 유명한 호반의 도시이다. 알프스 산자락의 제일 아랫부분에 자리 잡고 있는 꼬모에서 스위스 국경까지는 자동차로 10분밖에 안 걸린다. 스위스로부터 이탈리아로 넘어와서 국경을 지나자마자 산자락에 자리 잡은 호수를 낀 작은 도시가 꼬모인데, 호수는 Y자를 거꾸로 뒤집어 놓은 모양으로 되어 있다.

　꼬모의 인구는 2015년 4월 기준, 84,394명밖에 안 되는 작은 도시이지만 이탈리아의 군주들과 18세기와 19세기 유럽 각국의 왕실과 대부호들이 좋아하고 사랑한 곳이었다. 꼬모 호수는 롱펠로우나 스탕달 등과 같은 예술가들의 사랑을 받았으며 실버스타 스탤론의 별장도 있다고 하니 유럽에서는 꽤 유명한 휴양지인 듯싶었다.

　꼬모의 날씨는 아열대성 기후로 겨울은 길지 않으나 여름이 덥고 습하며, 봄과 가을은 뚜렷하고 상쾌한 편이다. 호수의 길이는 46㎞, 최대 폭은 4.3㎞이고 가장 깊은 곳은 414m나 되어 유럽에서 가장 깊고도 큰 호수 중의 하나이다. 마음 같아서는 자유여행을 와 경치 좋은 곳에 가서 하루 이틀 묵다가 가도 좋을 것 같았다.

▲ 산과 호수, 그리고 태양이 어우러져 꼬모는 휴양지로서 조건을 갖추고 있다.

▼ 꼬모 호숫가에 늘어서 있는 요트들

▲ 고딕양식으로 된 꼬모 성당의 외관

호수에서 멀지 않은 곳에 있는 꼬모 성당은 이탈리아에서의 마지막 고딕양식의 성당이며 1396년 건설이 시작되어 1740년에 완성되었다. 북이탈리아에서는 꼬모 호수와 함께 유명한 명소이지만 내부를 구경하지 못해 아쉬웠다. 우리가 꼬모에서 머문 시간은 아주 짧았다. 꼬모 성당을 곁에서만 보고 구시가지를 둘러보고 다음 목적지인 베로나로 떠나기 위해 버스에 올랐다.

로미오와 줄리엣의 도시
베로나

    1세기경에 세워진 베로나(Verona)는 1405년 베네치아의 소유였다가 1797년 나폴레옹은 이곳을 오스트리아에 넘겨주었는데 1866년에 이탈리아 왕국에 합병되었다. 따라서 고대, 중세, 르네상스 시대의 유적이 많아서 2000년에 유네스코 세계문화유산으로 등재되었다.

    유적 중 가장 유명한 곳이 베로나 중심부에 있는 아레나로 불리는 원형투기장이다. 아레나는 AD 30년경에 세워졌는데 25,000명의 관중을 수용할 수 있을 정도로 크다. 현재 아레나는 오페라, 발레, 음악회 등의 공연장으로 이용되고 있는데 6월부터 8월까지는 공연이 줄지어 열린다고 한다. 베로나는 중세시대의 미술의 중심지이기도 하고 가구와 귀금속을 취급하며 공예품을 제작하는 수공업이 성장하였다.

▲ 아레나로 불리는 베로나의 웅장한 원형 경기장
▼ 로마의 콜로세움과는 다른 분위기가 느껴지는 베로나의 아레나

▲ 약초시장이 있던 광장에 현재는 노천시장이 서고 있다.

　또한 베로나에는 중세의 다른 도시와 마찬가지로 여러 곳에 광장이 있다. 그중 84m의 람베르티탑이 있는 에르베 광장에는 예전에 향료나 커피를 팔던 약초시장이 있었으나 지금은 그 자리에 각종 곡물과 과일 등을 파는 노천 시장이 열려서 관광객들이 모여들고 있었다. 베로나의 골목길도 나름대로 운치도 있고 기념물도 있어서 사방으로 구경을 다니는 관광객들을 심심찮게 볼 수 있었다. 꼬모와는 다른 서민의 냄새가 나는 도시의 모습이라는 생각이 들었다.

　베로나에는 또 셰익스피어의 작품인 〈로미오와 줄리엣(Romeo and Juliet)〉의 여자 주인공인 줄리엣의 집이 있어서 관광객이 많이 찾아오고 있다. 몬테규(Montague)가의 로미오와 캐플릿(Capulet)가의 줄리엣은 이루어질 수 없는 사랑에 빠진다. 왜냐하면 이 두 가문은 오랫동안 앙숙관계에 있었기 때문이다. 결국 비극으로 끝난 이 사랑의 현장이 관광명소로 되는 것은 당연하다고 할 수 있다.

◀ 건물의 중간에 줄리엣 집의 발코니가 보인다.
▶ 사랑을 원하는 여인이 줄리엣의 가슴을 만지고 있다.
▼ 줄리엣의 집 벽에 관광객들이 붙여 놓은 쪽지와 낙서

그런데 줄리엣의 집에 얽힌 이야기는 가공에 불과하다. 셰익스피어는 베로나에 가본 적도 없고, 줄리엣의 집도 13세기 베네치아 공화국의 한 귀족이 살던 집이었는데 이 집에 마침 발코니가 딸려 있어서 베로나시가 줄리엣의 집으로 정했다고 한다.

줄리엣 집의 안뜰에는 그녀의 동상이 있고 줄리엣의 가슴을 만지면 사랑을 이룰 수 있다는 이야기가 있어서 관광객들은 그런 포즈를 취하거나 손을 잡으면서 사진을 찍는 사람들도 있었다.

줄리엣 집 벽에는 전 세계에서 온 관광객들이 사랑의 표시를 해 놓기도 했다. 줄리엣 집 근처에는 몬테규 가문의 로미오 집이 있다. 대학 시절에 베로나가 배경인 셰익스피어의 『로미오와 줄리엣』에 관한 강의를 들은 나로서는 발코니에 나와 있던 줄리엣과 위를 쳐다보면서 사랑의 대화를 나누었을 로미오의 모습을 상상해 보았다.

베로나의 또 다른 시뇨리(Signori) 광장에는 단테(Alighieri Dante)의 동상이 있다. 피렌체 출신인 단테는 1290년 피렌체에서 교황을 지지하는 파와 황제를 지지하는 파 사이에 벌어진 당파 싸움에 휘말려 피렌체에서 추방당해 베로나를 시작으로 망명생활을 했다. 그는 이탈리아 중부를 떠돌면서 파리와 옥스퍼드까지 다녀왔다.

단테는 베로나에서 6년간 머물면서 『신곡(神曲)』의 '지옥'편을 집필한 후 라벤나로 가서 『신곡』의 '천국'편을 완성한 후 그곳에서 죽었다. 라벤나에 가서도 더 이야기하겠지만, 그곳에 단테의 무덤이 있다. 단테가 살아 있었던 동안 위대한 시인의 존재를 인식한 피렌체의 시민과 정부는 단테가 돌아오기를 간절히 바라고 종용했지만 결국 그는 낯선 도시에서 눈을 감고 말았다.

피렌체 시민들은 단테의 시신이라도 모시기를 정말 원했지만 단테의 시신을 매장한 라벤나의 성 피에르 마조레 성당 측은 단테의 가짜 무덤을 만들어서 혹시나 있을지도 모르는 피렌체 사람들의 도굴 가능성에 대비했다고 한다.

피렌체와 라벤나, 단테는 이 두 도시의 시민들로부터 사랑과 존경을 받았다는 사실을 인생 말년에 틀림없이 느꼈을 것이다. 그런 의미에서 비록 고향으로 돌아가지 않고 외지에서 생을 마감했지만, 결코 쓸쓸하지는 않았으리라는 생각이 들었다. 2014년 기준, 베로나의 인구는 260,125명으로 추계되는 소도시이지만 이렇게 볼 게 많고 사연이 많은 유적이 있을 줄은 몰랐다. 밀라노와 베네치아의 중간에 위치한 베로나는 교통의 요지이며 문화의 중심지이다.

앞에서도 말한 바 있지만 한여름 밤에 원형극장에서 펼쳐지는 장대한 오페라는 상상만 해도 정말 화려할 것 같았다. 특히 1913년 베르디 탄생 100주년을 기념하는 〈아이다〉 공연을 비롯해서 비제의 〈카르멘〉 등 대형 오페라들이 자주 무대에 올려진다고 한다. 베로나는 13세기와 14세기에 스칼리제르 가문의 지배하에서 가장 번성했다고 하는데 그중 가장 뛰어난 캉그란데 I세는 추방당한 단테를 보호해 주었다고 한다.

세계의 모든 아름다운 도시들처럼 베로나 역시 아디제강이 도시를 굽이돌며 흐른다. 그런데 그냥 흐르는 것이 아니라 S자 모양으로 베로나를 휘감아 돌며 흐른다고 하니 사진으로 포착은 못했지만 틀림없이 아름답게 보이리라. 안동의 하회마을, 체코의 체스키크룸로프는 모두 말발굽 모양으로 강이 마을과 도시를 감아 돌며 흐른다.

베로나는 셰익스피어의 작품인 〈로미오와 줄리엣〉의 배경으로 여주인공, 줄리엣의 집을 보기 위해 전 세계로부터 관광객이 몰려온다. 또한 에브라 광장에 있는 노점상, 유럽에서 세 번째로 큰 원형경기장이 있는 브라 광장, 단테의 동상이 있는 시뇨리 광장 등, 소도시지만 볼 곳이 많았던 베로나를 떠나 조금 더 이탈리아 남쪽에 있는 라벤나로 떠났다.

단테의 무덤이 있는
모자이크의 도시 라벤나

베로나로부터 라벤나까지는 버스로 2시간 30분이 걸렸다. 꼬모로부터 베로나까지 걸린 시간과 똑같았다. 모자이크로 유명한 라벤나의 인구는 2008년 기준, 약 15만 7,000명으로 베로나보다 더 작은 도시이다.

▲ 공원에 있던 라벤나를 상징하는 모자이크 조각품

그러나 시 경계를 벗어나 메트로폴리탄 인구까지 치면 38만 4,000명에 이른다. 라벤나는 5세기에 서로마의 수도였기 때문에 찬란한 역사적 유산을 가지고 있다. 특히 고대 기독교와 비잔틴의 종교건축물들 내부에는 현란한 색상의 모자이크가 천장과 벽을 화려하게 수놓고 있다.

▲ 라벤나의 수호성인들이라는 동상이 양쪽에 서 있는 시청건물

산 비탈레 성당을 비롯한 라벤나의 8개 건축물은 유네스코가 선정한 세계문화유산이다. 라벤나의 모자이크 작품들이 천 년이 넘어도 완벽하게 보존되어 그 아름다움을 간직할 수 있는 비결은 예술과 문화재를 생명만큼 소중하게 여길 줄을 아는 이곳 사람들의 전통보존 의식이다.

피렌체에서 태어났지만, 정쟁(政爭)에 휩쓸려 끝내 고향에 못 돌아간 단테는 산 비탈레 성당과 산 아폴리네르를 묘사한 클라세 성당의 모자이크를 보고 라벤나를 '지상의 낙원', 라벤나의 모자이크를 '색채의 교향악'이라는 찬사를 보냈다. 라벤나가 서로마의 수도였다니 로마의 탄생과 몰락을 되돌아보지 않을 수 없다.

로마의 역사는 기원전 8세기 중엽 라틴인들이 테베레강 하류에 도시

국가를 건설하면서 시작되었다. 로마는 그 오랜 역사에서 왕정으로 출발했으나 기원전 5세기경에 왕정이 무너지고 과두 공화정을 거쳐 나중에는 제정으로 바뀌었다. 로마제국은 테오도시우스 황제의 사후, 395년 동로마제국과 서로마제국으로 분열되었다.

서로마제국은 한 세기도 안 되는 476년에 멸망하지만 동로마제국은 외침을 막아내면서 1453년까지 계속 존속했는데 중세시대의 동로마제국은 보통 비잔티움제국으로 불린다. 그러나 비잔티움의 역사는 훨씬 그 이전의 역사로 거슬러 올라간다. 로마제국은 3세기 중반 이후 여러 황제들이 천하를 제패하고 최고의 권력과 지위를 쟁취하기 위해 내란이 끊이지 않았다. 이러한 난국을 잠재운 황제가 바로 콘스탄티누스이었다. 그는 324년경에 자신의 이름을 딴 보스포러스 해협에 위치한 옛 그리스의 도시였던 콘스탄티노플로 천도하였다.

그런데 원래 이 도시는 비잔티움(Byzantium)이라고 불리는 곳이었고, 현재 이곳은 다름 아닌 터키의 아름다운 도시인 이스탄불이다. 그리고 사람들은 그 후에도 동로마제국이라는 명칭보다는 비잔틴이라는 이름을 더 자주 사용하게 된 것이다. 동로마가 콘스탄티누스의 영도력 아래 콘스탄티노플에서 나라의 기틀을 강화시킨 반면에 서로마의 황제인 호노리우스(Flavius Honorius)는 404년에 로마를 버리고 아드리아해가 바로 보이는 라벤나를 수도로 정했다.

투르크 지역, 지금의 터키에 살던 훈족은 기마술이 뛰어날 뿐만 아니라 용맹스러워서 발트해 연안에 살던 게르만족은 이 훈족을 피해 남하했는데 이것이 바로 '게르만 민족의 이동'이라고 우리는 부른다. 남쪽으로 온 게르만족과 게르만족의 일파인 서고트족은 끊임없이 폭동과 공략을 통해 서로마를 괴롭히다가 결국 멸망시켰다.

서로마는 이렇게 476년에 멸망했다. 비잔틴 제국으로 많이 알려진 동로마는 1453년까지 거의 1,000년을 더 존속하면서 로마의 정체성을 유지하고 문화의 꽃을 피웠다. 서로마가 그렇게 빨리 몰락한 데는 사치를 비롯한 도덕의 타락, 동·서로마제국의 반목 이외에 인구의 감소와 중·소 자영농민의 몰락도 한몫했다니 현대를 살아가는 우리도 되돌아보며 생각할 점들이다.

　단테가 생전에 베로나를 떠돌았다면 라벤나는 그의 고단한 육신과 영혼을 편안하게 내려놓고 영면한 곳이다. 나는 단테의 『신곡』을 읽어보지 못해서 이번 기회에 급한 대로 들춰보려고 '지옥', '연옥', '천국'으로 되어 있는 책 세 권을 빌려 놓았는데 대작이라 도저히 읽을 엄두가 나지 않았다. 이렇게 표현한다고 해서 대시성이 20여 년 동안 유랑하면서 쓴 거대한 서사시를 가볍게 여겼거나 단순하게 생각했다는 뜻은 결코 아니다. 단테의 『신곡』을 읽었건 안 읽었건, 또는 단테에 대해서 알든 모르든 상관없이 베아트리체라는 여인에 대한 그의 연모에 대해서는 많은 사람들이 알고 있거나, 모르더라도 조금씩은 들어 보았으리라.

◀ 라벤나에 있는 단테의 묘
▶ 이곳은 2차 대전 중 단테의 뼈를 보존했던 곳이다.

단테가 베아트리체를 처음 만난 건 그가 아홉 살 때였고, 그녀는 열 살 때라고 알려지고 있다. 그녀를 처음 본 순간 단테는 "내 가슴 가장 깊숙한 곳에서 역동적인 감정이 솟구쳐 올랐다."고 표현했으니 10대를 막 들어서려는 나이에 충격과 함께 연정을 느꼈다니 단테는 굉장히 조숙했던 것 같다. 세월은 흘러 그가 18세 되던 해에 아르노강 베귀오 다리에서 그녀가 다른 두 여인과 함께 지나가는 것을 보았는데 그때는 알 듯 모를 듯 그런 표정으로 스치며 서로 지나친 것이 그들 만남의 전부였다.

짝사랑에 빠진 청년 단테가 그 우연한 만남을 어떻게 추스르고 삭였는지 상상이 가지 않는다. 그 후 단테는 베아트리체를 가슴 한구석에 품은 채 어렸을 때 이미 약혼했던 여성과 결혼했으며, 베아트리체 역시 부유한 가문의 남자와 결혼했다. 일설에 의하면 베아트리체에 대한 단테의 연모의 정이 조금씩 알려지고 베아트리체도 그런 사정을 어렴풋이 느꼈다는 이야기도 있기는 하다. 그런데 베아트리체가 24세에 갑자기 사망한 사건은 그녀를 숭고한 사랑의 이상형으로 여겼던 단테를 충격과 비탄의 슬픔으로 몰아넣었다.

단테는 『신곡』 '연옥'편의 말미에서 베아트리체의 죽음을 다음과 같이 표현하고 있다.

"당신의 얼굴을 더 이상 볼 수 없었을 때 세상이 내민 허망한 즐거움이 나를 방황하게 했습니다."

단테가 연옥에서 베아트리체를 처음 만났을 때도 그는 그녀를 이렇게 그리고 있었다.

"그녀는 너울을 쓰고 강 건너편에 있었지만, 지상에서 살아 있을 때보다 더 사랑스러워 보였다. 지상에서 그녀는 최고로 사랑스러웠는데도…."

▲ 거리의 벽에 총천연색으로 그려져 있는 단테의 초상화

　단테는 그가 존경했던 로마의 시인인 베르길리우스와의 순례를 연옥에서 끝내며, 마침내 베아트리체의 인도로 천국으로의 순례를 준비하는 모습은 우리의 상상력을 많이 자극한다. 예를 들면 그의 영원한 여인, 베아트리체와 함께 천국으로 길을 떠나려는 단테를 붙들고 이제까지 망명생활을 하는 동안에 가족은 왜 동반하지 않았는지 라든가 당신의 아내 젬마는 어디 있었기에 신곡의 전편에서 그녀에 대해서는 한마디의 언급도 없으면서 손 한 번 못 잡아 본 베아트리체에 대해서는 왜 그렇게 혼과 열을 쏟은 이유가 무엇인지와 같은 세속적인 질문을 하고 싶은 것은 나뿐만이 아닐 것이다. 궁금한 점은 수없이 많지만 이렇게 단테에 관한 이야기는 그만하려고 한다.

▲ 모자이크 도시인 라벤나의 거리 모습

◀ 오전 8시부터 저녁 8시까지 개방되어 있는 유료 공중변소의 표식이 재미있다.

▶ 모자이크 도시답게 휴대폰의 문양들이 화려하다.

▲ 유네스코 세계문화유산의 하나인 산 비탈레 성당의 입구
▼ 비잔틴 양식으로 된 8각형 모양의 산 비탈레 성당의 본관 전경

▲ 위에서는 그리스도가 가운데, 밑의 그림에서는 유스티니아누스 1세가 가운데 있다.

▼ 한 땀, 한 땀 모자이크로 된 산 비탈레 성당의 천장은 정말 굉장해 보였다.

산 비탈레 성당은 라벤나가 아직도 게르만 민족의 일파인 동고트족에 의해 지배당하고 있었던 525년경에 에클레시우스(Ecclesius) 주교에 의해서 건축이 시작되었으며 547년 또는 548년에 막시미아누스 주교 때 완공되었다. 모자이크는 그리스나 로마시대부터 궁전이나 저택을 장식하기 위해 사용되어져 왔는데 이런 모자이크가 비잔틴 시대에는 성당 장식을 위해 많이 사용되었다. 산 비탈레 성당의 아름다운 모자이크를 만든 장인들도 콘스탄티노플에서 온 것으로 추정되고 있다.

그리스도가 푸른 원형의 하늘나라에 앉아 있으면서 왼쪽의 산비탈레에게는 순교의 관을 건네주고 있고, 오른쪽의 에클레시우스는 산 비탈레 성당의 모형을 들고 있다. 아래 그림에서는 유스티니아누스 I세가 왼쪽에 궁정 관리와 근위병 등을 거느리고 있고, 왼쪽에는 막시미아누스 주교가 십자가를 손에 들고 있는데 그 바로 뒤에는 막시미아누스라는 이름까지 있어 그의 위상이 어느 정도인지를 보여주고 있다.

꼬모, 베로나, 라벤나와 같은 이탈리아의 작은 도시들을 처음 본 인상은 우선 조용하고 평화스러웠다. 인구도 도시 외곽의 인구까지 합쳐봐야 40만이 채 안 되었다. 그리고 오밀조밀하고 심지어는 화려하다는 느낌도 들었다. 삭막하지가 않았다. 북부 이탈리아는 남부 이탈리아보다 경제 수준이 높다고 들었는데 주민들의 생활도 안정되어 보였다.

처음 가본 북부 이탈리아의 작은 도시들, 여행기를 쓰면서 로마 말기의 역사, 비잔틴 문화, 로미오와 줄리엣, 그리고 단테를 많이 생각해 본 것이 소득이라면 소득이다.

친퀘테레의 한 마을인
마나롤라의 절경

친퀘테레(Cinque Terre), 말이 필요 없는 이탈리아 최고의 경치를 자랑하는 곳이라고 여행사는 소개하고 있는데 나는 처음 들어보는 지명이었다. 해안절벽을 따라서 아슬아슬하게 형성된 5개의 마을을 가진 친퀘테레에 가려면 이탈리아 서해안에서 약간 북부에 위치한 항구인 라스페치아 역으로 가서 기차를 타야만 접근할 수 있었다.

몬테로소 알 마레(Monterosso al Mare)와 마나롤라(Manarola) 외 세 마을로 이루어진 친퀘테레는 고립된 위치 때문이었는지 자연환경이 비교적 잘 보존되고 있었다. 특히 경사가 급한 절벽에 지어진 집들은 끝없이 펼쳐진 바다와 잘 어우러진 경관을 보여주었다. 친퀘테레를 처음 본 순간 울릉도가 생각난 까닭은 해안선을 따라 난 도로 때문뿐일까?

친퀘테레는 AD 79년 화산폭발로 인해 마을 전체가 매몰되어 1만 5천여 명의 주민이 사망했다고도 하는데 현재 주민은 약 4천 명으로 추정된다. 1997년 유네스코 문화유산으로 지정된 친퀘테레는 60년대 초 유명했던 영화, 〈나바론 요새〉의 현지 촬영지이기도 하다. 그레고리 펙, 안소니 퀸 등이 연합군을 괴롭히면서 요새에 숨어 있던 독일 포대들을 파괴하는 영화로 기억하고 있다. 친퀘테레에는 포대를 숨기기에 절묘한 곳이 있는가 하면 유네스코는 다섯 마을 중 하나인 마나롤라를 인간과 자연이 가장 잘 조화를 이룬 마을이라고 했다.

▲ 바른쪽에 보이는 해안 절벽을 따라 난 길을 관광객들이 걷고 있다.
▼ 6월 말이라 사람들은 해수욕보다는 일광욕을 즐기고 있었다.

▲ 마나롤라 해안의 절벽에 있는 식당과 집들

바다를 바라보면서 절벽에 촘촘하게 들어선 집들이 친퀘테레의 전형적인 모습이다. 정부가 여덟 가지 색 중 하나씩 고르라고 해서 집 색깔이 다채로운 마나롤라를 구경한 것은 큰 추억이기는 하지만 개인적으로 이곳은 나에게 또 하나의 씁쓸한 기억을 남겼다.

라스페치아역에서 친퀘테레까지의 기차여행은 창밖을 보면서 여유롭게 하는 여행은 아니었다. 기차에 오르니 좌석은 이미 다 찼고 기차와 기차를 연결하는 비교적 넓은 공간에도 승객이 꽉 차서 줄곧 서서 친퀘테레까지 가지 않으면 안 되었다.

내 주위에는 우리 일행도 있었지만 외국 관광객들은 물론이고 이탈리아 사람들인 남녀 승객들도 많았다. 서울의 만원 지하철과 별로 다르지 않았다. 20여 분을 그렇게 갔을까 아마 15분 정도를 간 후 내렸는지도 모른다. 내릴 때는 그런 상황에서 언제나 그렇듯 이리 밀리고 저리 밀리면서 친퀘테레에서 내렸다. 앞에 메고 있던 조그만 갈색 가방의 지퍼가 열린 것을 발견한 것은 해안가를 걸을 때였다. 순간적으로 이상하다고 생각했다. 여권, 비행기 표, 현금 등을 가지고 다니는 귀중한 가방이었기 때문에 아주 오랫동안 챙겨 버릇해서 이런 일은 없었던 것이다. 순간적으로 불길한 생각이 들어서 가방을 뒤져보니 우선 여권이 있어서 다행이다 싶었다.

처음에는 잃어버린 것이 없다고 생각했는데 현금을 나누어 넣은 두 개의 봉투 중 하나가 없어진 것을 곧 발견했다. 그것도 많이 든 쪽의 봉투가 없어져서 약 40여만 원을 소매치기당했다.

그리고 한 사람 건너서 있던 남자와 함께 나를 힐끔힐끔 쳐다보던 모자를 쓴 백인 여성이 생각났다. 요즘의 유럽 소매치기들은 옷을 잘 입고 다닌다는 이야기가 다시 생각났다. 그리고 친퀘테레가 이탈리아에 있다는 것도 잠시 잊었던 것을 생각하고 쓴웃음을 지었다.

1990년 이른 봄, 80세 노모를 모시고 로마를 여행 중이었을 때다. 어머니가 옆에서 보고 있는데 앞에 갓난아기를 포대기로 두른 채, 한 여인이 신문지로 내 얼굴을 가리면서 나의 양복 안주머니로 손이 들어오는 것을 벽력같이 소리를 지르면서 뿌리친 일이 있었다. 한마디로 막무가내였다. 친퀘테레에서 기차에서 내린 후 일행 중 한 명이 가방이 열린 것을 발견했지만 잃어버린 것이 없어서 다행이다 싶었다.

수법도 애걸형에서부터 동전 등을 잔뜩 흘려 놓고, 줍는 척하면서 공범은 도와주는 여성의 핸드백이 옆에 있으면 잽싸게 가지고 도망가는 등 다양하다고 한다. 오토바이를 타고 가면서 여성들의 핸드백이나 핸드폰을 낚아채 가는 것은 오히려 구식이라고 한다. 또 소매치기가 전에는 이탈리아, 프랑스, 그리스, 스페인 등 유적이 많은 나라에 한정되어 있었는데 지금은 유럽 전역에 많이 퍼져 있다고 한다.

▲ 산과 바다, 그리고 절벽 위의 집들이 한 폭의 그림을 만들고 있다.

산마리노 *San Marino*

남의 나라 속에
자리 잡고 있는 산마리노

    아드리아해를 바라보면서 이탈리아 중북부에 위치해 있는 산마리노 (San Marino)는 이탈리아에 완전히 둘러싸여 있는 세계에서 가장 오래된 공화국이다. 산마리노는 아드리아해에서 가까운 티타노(Titano)산 기슭에 있으며 바티칸시와 모나코 다음으로 작은 독립국가로 그 면적은 61㎢에 불과하니 72.51㎢의 울릉도보다도 작은 나라이다.

▲ 티타노(Titano)산에서 내려다본 산마리노의 경관

산마리노 공화국이 오랫동안 독립 국가를 유지하게 된 까닭은 해발 749m의 높은 티타노산의 고립된 위치와 요새로 인해 침략위협을 적게 받았기 때문이기도 했지만 제1차, 제2차 세계대전에서는 중립을 지켰기 때문이다. 산마리노의 인구는 2018년 추계로는 33,557명이며 이중 외국인은 1천 명의 이탈리아인이 포함되어 있으며 산마리노인 중 5천 명은 외국에서 살고 있다.

산마리노의 위치를 좀 더 상상해보면 한반도에서 동해를 바라보며 중북부에 위치한 인제군을 생각해보면 인구도 거의 같고 아주 비슷하다는 생각이 든다. 다시 말하면 한반도의 지도에서 인제의 위치에 아주 다른 나라가 자리 잡고 있는 것처럼 이탈리아의 지도위에 산마리노가 이탈리아에 완전히 둘러싸여 있는 것이다. 1인당 국민소득은 출처에 따라서 제각각인데 2014년부터 2017년에 걸쳐 다섯 개의 자료가 많게는 62,425달러, 적게는 50,000달러로 나와 있다. 관광수입이 국가수입 전체의 50% 이상을 차지하고 있다.

산마리노는 지금도 매년 9월 3일을 공화국의 건국일로 기념하고 있는데 그 기원은 301년으로 거슬러 올라간다. 지금은 여섯 나라로 쪼개졌지만 옛 유고슬라비아, 조금 더 정확하게 말하면 지금의 크로아티아의 한 석공(石工)이었던 성 마리누스(St. Marinus)라는 사람이 로마 황제의 기독교 박해를 피해 이곳에 은신하면서 공동체를 세운 것이 그의 이름을 따면서 산마리노의 기원이 되었다고 한다.

만일 이 전설대로라면 산마리노 사람들은 아드리아해를 넘어 바로 있는 크로아티아에게 각별한 정을 느낄지도 모른다. 산마리노는 1631년 교황의 인준을 받아 독립국가의 모습을 갖추었고, 1815년 빈회의에서는 독립국가로 인정받았다. 그리고 작은 산마리노는 이탈리아에 둘러싸여 있으므로 공식 언어는 이탈리아어이다.

▲ 뒤에 보이는 성채는 티타노산의 요새인 로카(Rocca)
▼ 유럽의 어디에서나 볼 수 있는 것처럼 산마리노에도 대성당이 있다.

산마리노에는 44개의 마을이 있으며 현대국가에서는 볼 수 없는 2명의 집정관이 국가원수의 역할도 하지만 6개월마다 교체되는 특성도 가지고 있다. 반면에 입법기관은 산마리노 대평의회이며 정원은 60명으로 5년의 임기로 되어있다. 무력으로 나라를 지키는 군대는 없으나 대평의회 호위대, 민병대, 요새 경비대가 국가 행사가 있을 때 동원되며, 헌병대가 공공질서를 유지하는 역할을 한다.

기후는 온대성으로 여름 최고기온이 26℃, 겨울 최저기온이 −7℃밖에 되지 않고 와인과 치즈의 산지이기도 하다. 아무래도 관광업이 성하고 그 외 농업, 수공업, 섬유와 의류, 도자기 제품도 유명하다. 우리 여행의 인솔자는 요새 꼭대기에 올라가 봐야 별것이 없다고 했으나 나는 다른 한 부부와 함께 입장료를 내고 탑 꼭대기까지 올라가서 게시판에 있는 설명대로 이 요새 속에 감옥이 있었음을 확인할 수 있었다.

산마리노의 수도는 나라 이름 그대로 산마리노로서 티타노의 요새 밑에 펼쳐 있었는데 시간이 없어 조금도 둘러보고 오지 못한 것이 아쉽다. 결국 점심을 먹고 요새 관광을 한 후 저녁에 투숙할 숙박지로 떠났는데 모자이크의 도시인 라벤나에서 시간을 많이 보냈기 때문이었으리라.

이번 여행의 목적지가 모두 조그만 도시들이기는 하지만 비교적 볼 것이 많은 곳들이었는데 시간이 없어서 자세하게 보지 못한 게 큰 흠이었다. 더구나 가이드가 제시할 옵션에 대비해 세 곳을 구경할 경비를 준비해 갔는데 일정이 빠듯해 한 곳도 구경하지 못했다. 패키지여행에 너무 많이 기대한 것일까. 일정을 짜는 것이 번잡해서 그렇지 유유자적하게 즐길 수 있는 자유여행이 새삼 그리워졌다.

◀ 탑 꼭대기의 한 방에는 죄수 모습의 한 사람이 나무토막 위에 서 있다.
▶ 리베르타 광장과 자유의 여신상
▼ 날씨가 비교적 좋으니까 지평선 넘어 아드리아해까지 보인다.

모나코 *Monaco*

그레이스 켈리의
왕궁인 모나코

　모나코는 바티칸시 다음으로 세계에서 두 번째로 작은 도시국가이다. 그러나 작은 나라 이전에 '모나코' 하면 제일 먼저 떠오르는 것은 미국의 여배우였던 그레이스 켈리(Grace Kelly)였다. 1950년대 초, 할리우드에 혜성처럼 잠깐 나타났다가 이곳 모나코 도시국가에 와서 왕비의 삶을 살다간 그레이스 페트리시아 켈리(Grace Patricia Kelly, 1929~1982)를 생각하지 않을 수 없다.

▲ 국경선 근처 초소에서 본 모나코의 광경

모나코의 면적은 2㎢로 여의도 크기의 4분의 1밖에 안되니 얼마나 작은지 알 수 있다. 국가의 수입이 주로 무역거래에서 나오는 세금과 관광업, 라디오와 텔레비전 촬영의 저작권에서 나오는 수입과 담배, 우표판매 등으로 채워진다고 한다. 인구는 2018년 7월 기준, 약 38,400명이며 IMF에 따르면 1인당 국민소득은 2017년 70,700달러에 이른다.

그레이스 켈리는 20세 때 연기를 시작해서 1950년대 초 텔레비전의 전성시대에 40여 개의 드라마에 출연했다. 1953년 그녀는 클라크 케이블과 에바 가드너와 함께 존 포드 감독의 〈모감보(Mogambo)〉에 출연하면서 다음 해에 골든 글로브 시상식(Golden Globe Award)에서 조연상을 받았지만 1955년에는 골든 글로브에서 주연상, 아카데미상(Academy Award)에서는 우리에게는 〈갈채〉로 소개되었지만 〈The Country Girl〉로 여우주연상을 받았다.

영화에 출연한 지 5년 만에 차지한 영광이었지만 필라델피아에서 아일랜드계의 부유한 가정에서 태어난 그녀는 10세 때부터 아동극단에서 활동했고 모델로도 잠시 일한 적이 있었다. 비록 짧은 기간이었지만 기라성 같은 당대의 남자 톱스타들과의 연기활동은 눈부신 바 있다.

게리 쿠퍼와 〈하이 눈(High Noon, 1952년)〉을 찍고, 레이 밀러드와는 〈다이얼 M을 돌려라(1954)〉에서 연기했고, 1956년, 빙 크로스비, 프랭크 시나트라와 함께 〈상류사회(High Society)〉를 찍을 때는 완전히 스타덤에 올라 있었다. 켈리는 또한 알프레드 히치콕 감독의 〈나는 결백하다〉로 소개된 〈To Catch a Thief(1955년)〉에서 케리 그랜트와도 호흡을 맞췄다.

어디 그뿐인가? 영문으로는 〈The Bridges at Toko-Ri(1954년)〉로 되어 있는 한국전 소재의 〈도곡리 다리〉에서는 윌리엄 홀든과, 또 〈이창(The Rear Window, 1954년)〉에서는 제임스 스튜어트와 함께 주연을 해서 최단기간 내에 최정상급의 연기자들과 활동을 한 유일한 여배우였다고 해도 과언이 아니다. 물론 은막에서의 그녀의 화려한 활동에는 눈처럼 하얀 피부와 금발과 파란 눈으로 빛난 그녀의 미모가 한몫했음은 말할 필요도 없다.

그레이스 켈리의 인생 2막은 이곳 모나코 왕궁에서 펼쳐진다.

그녀의 아버지는 올림픽에서 경주용 경보트(scull) 경기에서 세 번이나 금메달을 탄 스포츠맨이며 동부에서도 알려져 있는 공사용 벽돌공장을 가지고 있는 경영인이었다. 어머니는 펜실베이니아 대학에서 체육교육을 가르쳤고, 삼촌은 퓰리처 상(Pulitzer Prize)을 수상한 극작가로 다재다능한 집안에서 그레이스 켈리는 태어났다.

그런데도 켈리의 아버지는 배우가 되겠다는 그녀의 계획을 극렬하게 반대했다. 심지어 연기를 "a slim cut above streetwalker(매춘부 바로 위에 있는 자리)"라고 하면서 배우의 직업을 폄하했다.

50년대 할리우드의 기라성 같은 미녀 여배우들 중에서도 가장 완벽한 미녀의 외모를 지녔다고 평가받았지만 수줍음을 많이 타던 가냘픈 딸이 화려하면서도 사자굴 같은 곳에 내팽개쳐지는 것을 안타까워하고 염려해서일까?

50년대 우리나라에서도 자녀들이 배우나 연극을 한다고 하면 부모들이 '딴따라'라고 하면서 연예인을 얕잡아 봤던 세태와 별로 다르지 않다. 수학점수가 모자라서 그녀가 가고 싶어 했던 Bennington College에 못 들어갔지만 만일 그 학교에 합격하였다면 그녀의 인생은 달라졌을까?

역사와 인생에서 '만일'과 같은 가정법은 쓸모가 없지만 지내놓고 보면 아쉬움이 많기 때문에 우리는 곧잘 이런 가정법을 찾곤 한다.

▲ 레이니 3세와 그레이스 켈리의 결혼식이 있었던 대성당의 정면

▼ 모나코 대성당의 내부

▲ 모나코 해안에 즐비하게 정박해 있는 요트들

　1955년 프랑스의 리비에라 해변에 히치콕 감독의 〈나는 결백하다(To Catch a Thief)〉를 촬영하러 온 그레이스 켈리를 당시 왕자가 지배하는 국가라는 의미의 모나코 공국(Princiapality of Monaco)의 레이니 3세(Rainier III)가 초대하면서 그녀의 인생은 일대 전환기를 맞게 된다.

　이전에 그레이스 켈리를 한 번 본 적이 있는 레이니 3세는 그때 12캐럿짜리 다이아 반지를 주면서 프러포즈를 했고 1년 동안의 구애 끝에 1956년에 모나코 대성당에서 두 사람은 세기의 결혼식을 가졌고 그레이스 켈리는 모나코의 왕비가 되었다. 레이니 3세와 그녀 사이에는 캐롤라인, 앨버트, 스테파니라는 1남 2녀의 자녀가 있었지만 여러 가지 이야기로 미루어 보건대 행복은 오래 지속되지 못한 듯하다.

▲ 외관은 수수하지만 내부는 화려하다고 하는 모나코 왕궁

  그 주요인은 이러한 결혼에서 흔히 보이는 현상이지만 겉으로는 화려하게 보이는 왕실 생활도 한편으로는 왕비의 품격을 유지하기 위한 틀에 꽉 짜인 규율 때문에, 다른 한편으로는 과거의 비교적 자유분방하고 화려한 은막생활에서 오는 그녀의 경험 때문에 심적 갈등을 그녀는 많이 겪었을 것으로 보인다. 미국과 모나코의 이중 국적을 유지했던 그녀도 이런 괴로움 속에서 술에 의존했고, 심지어는 일부 남성들과의 친밀한 관계도 문제가 된 듯하다.

  1982년 그레이스 켈리는 교통사고로 52세에 사망했다. 왕실의 별장에서 왕궁으로 돌아가는 도중 그녀가 직접 운전했던 자동차가 갑자기 37m의 도로 옆 절벽 밑으로 추락하는 사고를 당하였다. 그녀를 치료했던 프랑스 의사들에 따르면 운전 중에 최초의 경미한 뇌출혈이 있었고 그 충격으로 충돌과 추락이 있었으며 큰 상처를 입은 그녀는 병원에서 두 번째의 뇌출혈을 일으켰고, 다음 날 숨졌다. 조수석에 앉았던 딸은 경미한 뇌진탕과 척추의 미세골절 때문에 어머니의 장례식에 참석하지 못했다.

교통사고는 9월 14일에 일어났고, 15일 모나코는 그 나라를 관광국으로 발돋움하게 했던 왕비를 잃었으며, 할리우드는 그 역사에서 외모에 관한 한 100년에 한 번 나올까 말까 한 여배우를 잃었다. 세계의 남성 팬들도 갑작스런 그녀의 죽음을 무척 안타까워했다. 할리우드의 유명한 배우들이 참석한 가운데 레이니 3세는 장례식에서 펑펑 울었다고 하니 그녀의 부모 마음이야 오죽했을까? 레이니 3세는 그녀가 죽은 후 23년을 더 살면서 재혼도 하지 않고 그녀를 그리워했다고 한다. 그는 2005년 사망했고 모나코 대성당에 안장되어 있는 그녀 옆에 나란히 묻혀있다.

교통사고를 둘러싸고 뒷말이 많았지만, 으레 그러듯이 시간이 지나면서 그런 논쟁은 잦아들었다. 나중에 비벌리힐스에서 다시 열린 추도식에서, 〈이창〉으로 그녀와 열연한 제임스 스튜어트는 "…그녀를 볼 때마다 여러분들의 삶과 나의 삶에 그녀는 부드럽고 따뜻한 빛을 가져왔습니다. 그녀를 보면 우리는 휴일처럼 좋았습니다."라고 말했다. 그는 그레이스 켈리가 공주라서가 아니고, 배우라서도 아니고, 친구라서 그런 것도 아닌데 그렇게 좋았다니 이보다 더한 찬사가 어디 있을까?

프랑스 *France*

니스를 다시 찾으면서
생각나는 것들

　어릴 때 한국 전쟁을 경험한 우리 세대는 어려울 때 우리를 도와준 나라들에 대해 각별한 정을 느끼고, 특히 자유진영 쪽의 강대국에 대해서는 우방으로서의 친근한 감정까지 느끼는 것은 나뿐만이 아닐 것이다. 그런데 내 경우는 조금 특이해서 프랑스에 대해서는 솔직히 말해서 그런 감정을 못 가지고 있었다.

▲ 프랑스 남부 니스에 있는 마세다 광장에 있는 분수와 사람들

50년대 말 내가 한창 신문읽기에 흥미를 가지고 있었을 때 끊임없이 일어나는 갈등과 혼란스런 프랑스 정국을 보면서 그 나라는 좀 이상한 나라라고 생각한 적이 있었다. 그런데 사회학이란 학문을 좀 더 깊이 공부하면서 첫째, 영국의 산업혁명, 둘째, 프랑스에서 민중들이 자신들의 왕을 처단하면서 일어난 정치혁명, 셋째, 계몽주의 사상에 큰 영향을 받고 사회학이 태동했다는 사실을 알게 되면서 프랑스를 비롯한 유럽 여러 나라들의 역사와 문화를 좀 더 진지하게 바라보게 되었다.

특히 암흑기라고 불리는 중세시대에 어둠에 묻혀있는 모든 것을 밝은 데로 끌어내서 이성을 바탕으로 합리적으로 해결하려는 사상인 계몽주의(Enlightenment)가 지적 배경으로 크게 영향을 미친 것을 알 수 있었다. 또한 로마교황의 종교적 권위와 중세 왕권의 권위에 더는 휘둘리지 않고 인간들이 자신들의 취향과 능력을 살리는 것이 참다운 행복의 길이라는 르네상스(Renaissance) 운동이 남부 유럽에서 처음으로 태동한 사실에 주목하지 않을 수 없었다. 우리는 이것을 문예부흥(文藝復興)이라고 배웠다.

그럼에도 불구하고 내가 프랑스를 조금 독특하게 보는 이유는 몇 가지 더 있었다. 미국은 1776년 독립을 해서 20세기 말까지 줄기차게 달려왔다.

드디어 1976년 200주년 기념일(Bicentennial)을 맞아 유럽 각국의 기자들을 초청해서 미국의 각 도시를 순회하는 프로그램을 가졌다. 거의 모두가 인종 간의 갈등 등 미국이 당면한 문제들에 대해 후한 점수를 주었는데 유독 프랑스에서 온 참여자들은 미국의 짧은 역사와 전통을 지적하는 것을 보고 미국에 대한 프랑스인들의 비판은 일시적인 것이 아니라고 생각했다.

그 후 프랑스가 NATO에서 탈퇴하겠다는 기사도 간헐적으로 나타나곤 해서 미국과 프랑스의 관계는 언제나 껄끄럽다는 것을 인지하고 있었다. 그래도 강자에 대한 저항이나 패권국가에 대한 견제의 필요성을 나는 언제나 찬성하는 편이어서 프랑스에 대해 특별하게 어떤 편견은 가지고 있지 않았다고 생각해 왔다.

오히려 1981년 여름, 니스를 거쳐 파리로 올라와서 루브르 박물관과 파리에서 조금 떨어져 있는 베르사유 궁전을 구경하고는 프랑스 역사와 문화의 위대성을 직접 체험하고 감명을 받았다. 그리고 1990년 이른 봄에 어머니를 모시고 파리를 다시 방문했다. 그리고 식당에서 주문하는데 웨이터가 "영어는 안 된다"고 하면서 가 버리는 일이 발생했다.

그 일은 나에게는 하나의 사건이었다. 해외에서의 생활이나 여행에서 처음 겪는 황당한 경험이었다. 영어가 잘 안 통하는 일본에서조차도 영어를 할 줄 아는 사람을 데려와서 고객의 요구를 들어주는데, 정말 많이 당황했다. 그 후 수년이 지나서 프랑스에서도 영어를 익히려는 움직임이 있다는 신문기사를 읽은 적은 있다.

그런 일을 파리에서 경험한 후 프랑스의 이미지에 대한 나의 생각이 좋을 리가 없었다. 그래도 그런 일을 당하기 전 아내와 함께 처음 본 1981년 8월 여름의 니스는 우리에게 정말 강렬한 인상을 주었다. 그 뒤 정년 후에 우리 가족 셋이서 니스에 온 적이 있으니까 이번 방문은 세 번째가 되는 셈이다.

그때 본 니스의 풍경은 이번과는 많이 달랐다. 백사장의 수많은 인파와 도로 옆 야자수가 쭉쭉 뻗은 도시의 모습이며 아름다운 기화요초들로 꾸며진 정원들은 관광객들을 매료시키기에 충분했다. 그 당시 니스의 해변가 백사장은 한마디로 인산인해였다. 작열하는 태양 아래 니스는 불타고 있었다. 프랑스 남부 지중해 연안에 있는 니스는 휴양도시로서, 관광지로서 나에게 강렬한 인상을 주었다. 그런데 이번 니스의 풍경은 그렇지 못해서 많이 아쉬웠다.

▲ 한적한 니스의 아침거리
▼ 돌담에 새겨진 인어 아가씨와 독수리 모양이 운치를 더해준다.

▲ 물에 들어가기가 아직은 서늘해서인지 해수욕객도 많지 않았다.

2016년 기준으로 니스의 인구는 약 338,620명이다. 관광사업 이외에 올리브기름 등 식품가공업과 향수제조업으로 유명하고 최근에는 전자와 정밀기계업도 자리를 잡아가고 있다. 관광시즌은 6~8월이고 매년 수많은 축제가 열리고 있는데 1876년서부터 시작한 니스 축제가 가장 유명하다. 니스에 대한 아쉬움을 뒤로하고 약 40분 동안 버스를 타고 다음 목적지인 생폴드방스에 도착해서 예술가들이 좋아했다고 하는 조그만 도시를 구경했다.

예술가들의 도시
생폴드방스

생폴드방스(Saint-Paul de Vence)의 인구는 2019년 기준으로 3,477명밖에 안 된다. 정말 아담하고 예쁜 도시였다. 생폴 드 방스는 1900년대 초, 정확하게 말하면 1914년에 시작된 세계 제1차 대전과 같은 혼란한 시기에 마티스, 샤갈, 피카소 등 저명한 예술가들이 모여들면서 예술가들이 좋아하는 시골마을이라는 명성을 얻게 되었다. 르누아르, 마네, 모딜리아니 등도 이곳에서 일했다. 배우들도 이곳을 좋아해서 이브 몽탕은 결혼식을 올렸고, 레오나르도 디카프리오도 이곳으로 밀월여행을 왔었다고 한다. 또한 그레타 갈보, 소피아 로렌, 카트린 드뇌브 같은 세계적인 여배우들도 이곳을 방문해서 호텔에서 머문 적이 있었다고 한다.

그런데 이곳을 '샤갈의 마을'이라고도 할 정도인데 이유는 마르크 샤갈(Marc Chagall, 1887~1985)이 부인과 사별 후 65세 되던 해에 25살 연하의 발렌티나를 만나 재혼, 새로운 활력을 가지고 이곳에서 왕성한 작품 활동을 했기 때문이다.

러시아, 더 정확하게 말하면 현재의 벨라루스에서 태어난 유대계로서 생전에 다양한 색채로 러시아에서 가졌던 추억을 그림으로 재생시켰다고 한다. 그리고 이곳을 '제2의 고향'이라고 할 정도로 좋아하면서 그는 97세로 영면하였다.

▲ 많은 예술가들이 사랑했다고 하는 생폴드방스를 조그만 언덕에서 본 모습
▼ 돌집과 나무와 담쟁이 넝쿨의 꽃들이 잘 어우러져 있는 모습

생폴드방스는 중세의 모습을 많이 간직하고 있어서 국가 유적지로 지정되었고, 이 조그만 곳에 갤러리가 70여 개나 되어 예술품들을 그냥 지나칠 수 없어서 그 일부를 소개한다. '예술가의 마을'이란 명칭에 걸맞게 마을 전체가 아름답고 예쁘게 꾸며져 있었다. 생폴드방스는 그저 생폴이라고도 하는데 북쪽에 있는 북문으로 들어와서 묘지로 이어지는 남문 쪽 방향으로 걷다 보면 조그만 화랑, 상점, 식당, 화실, 길가의 카페 등과 마주치게 된다.

◀ 생폴드방스의 한 아틀리에(작업장)의 모습
▶ 건물 앞 검은색의 나부상(裸婦像)

▲ 공동묘지와 그 너머 프로방스 지역의 일부가 보인다.
▼ 샤갈과 그의 가족들이 묻혀 있는 묘지

프랑스 *France* 79

또 아담하게 가꾸어 놓은 분수며, 포도 넝쿨로 덮여있는 담도 보이고 조각품들이 담벼락에 새겨져 있는 곳도 있다. 생폴의 가장 높은 곳에 올라가 보면 한쪽은 아직도 눈이 쌓여있는 알프스가 보이고 다른 쪽은 지중해도 보여서 확 트인 시야가 시원스럽다. 생폴이 언덕에 위치해 있기 때문에 중세에는 요새를 구축하는데 천혜의 장소이기도 했다.

1538년 당시 프랑스의 왕이 축조했기 때문에 일부 건물들은 16세기와 17세기로 거슬러 올라갈 정도로 오래된 것도 있다. 한때는 성이었으나 지금은 평범한 건물에 지나지 않은 자리에 시청이 있고 그 근처에 오래된 교회와 또 13,000여 점의 작품을 소장하고 있는 사설 박물관도 있는데 두 곳 다 소액의 입장료를 받는다.

▲ 담장이 넝쿨 숲이 인상적인 생폴드방스의 또 다른 모습

◀ 발레리나의 모습
▶ 손에 손을 잡고 하는 원무
▼ 유리창에 비친 암수의 표식과 개

◀ 무언가 갈구하는 듯한 여인의 표정
▶ 십자가를 든 남자의 조각상

　많은 갤러리와 아틀리에, 그리고 상점들 역시 관광객들의 시선을 끌 수 있을 만큼 화려했다. 이곳 사람들의 여유로운 삶의 질이 부러웠다. 한마디로 생폴은 예술가들이 사랑하는 마을이지만 현지에 사는 사람들은 얼마 안 되고 관광객만 연 250만 명이나 된다고 하니, 이 아름다운 곳이 훼손되지 않았으면 하는 마음이다.

　이 글을 쓰고 있는 동안 파리의 노트르담 대성당에 큰 화재가 일어나는 참사가 일어났다. 마크롱 대통령도 5년 내 복원시키겠다고 했으며 역사와 문화재를 사랑하는 프랑스 사람들이기 때문에 훌륭하게 복원시키리라고 생각한다. 다만 유럽 대성당들의 역사를 생각하면 시간이 좀 더 걸리더라도 보다 완전하게 복구시키기를 바랄 뿐이다. 이곳 생폴드방스도 프랑스 남부 프로방스 지역의 분위기가 어떤지를 어김없이 보여줌으로써 세계로부터 몰려오는 관광객들의 관심을 계속 끌 것 같은 인상을 받았다.

'5월 영화제'의 도시,
칸의 모습

    프랑스 남동쪽에 있는 칸(Canne)은 우리에게는 '칸 영화제'로 친숙해서 새로운 설명이 필요 없는 곳이다. 그래도 나는 처음 가보는 도시라 마음이 조금 설레어서 기대하고 갔다. 똑같이 지중해에 연안 도시이지만 낮에 도착해서인지 니스(Nice)하고는 분위기가 조금 달랐다. 해변에도 제법 사람들이 많았다.

    2012년 기준으로 칸의 인구는 73,603명으로 인구에 관한 한 니스의 5분의 1밖에 안 되는 작은 도시이다. 그러나 프랑스의 칸은 국제 영화제 때문에 니스보다 세계적으로는 더 알려져 있다. 이탈리아의 베니스 영화제, 독일의 베를린 영화제와 함께 세계 3대 영화제로 꼽히는 칸 영화제는 매년 5월에 열린다. 2019년에 열린 칸 영화제에서는 우리나라의 〈기생충(parasites)〉이라는 영화가 황금종려상을 받으며 다시 한번 부각됐다.

▲ 오후라서 그런지 칸의 해변에는 제법 사람들이 많았다.

　이탈리아의 독재자인 무솔리니 치하에서 시작한 베니스 영화제에 대응해서 만들어진 프랑스의 칸 영화제는 감독의 능력, 그중에서도 창의성에 비중을 두면서 최고의 상인 황금종려상을 수여하는데 종려는 칸의 야자수를 상징하는 것이고, 2등상인 특별상은 심사위원상으로 그랑프리(grand prix)라고 하는데 프랑스어로 그 의미는 대상, 또는 최고의 상을 의미한다. 1939년 독일의 폴란드 침공으로 시작된 2차 대전 때문에 개최가 1946년으로 늦어지고 1948년부터 1950년을 제외하고는 매년 꾸준히 개최되고 있다.

▲ 요트와 배들이 정박해 있는 칸의 해안가

　지난 70여 년 동안 한국사회는 두서너 분야만 빼놓고는 거의 모든 분
야가 장족의 발전을 했는데 그중 하나가 영화를 비롯한 연예부문의 발
전이었다. 세계적인 명성을 가진 감독들이 나오는가 하면 한국의 남녀
배우들이 칸 영화제의 붉은 카펫을 밟고 서 있는 모습이 조금도 이상스
럽지 않은 시대가 되었다. 거의 30년 전에 미국 국무성이 펴낸 「Scenario
for 2025」이라는 보고서에 따르면 2025년까지 다섯 개 부문을 주목할
필요가 있다고 했다. 이 중에서 언어에서는 영어가 세계 여러 나라의 많
은 사람들이 알고 있는 보편적 언어(universal language)가 될 가능성이 있
고, 동시에 연예(entertainment)부문도 눈에 띄게 발전하리라고 했다.

▲ 칸의 거리에는 카지노의 화려한 입구도 보인다.

　50~60년대, 사람들이 즐길만한 이렇다 할 오락이 별로 없던 시절에
는 영화가 유일한 소일거리였다. 외국영화, 특히 할리우드에서 만들어진
미국의 서부영화를 모든 연령대가 즐겼던 것으로 기억하고 있다. 그리고
대학생들을 비롯해서 나이가 조금 든 사람들 사이에서는 미국뿐만 아니
라 서유럽 각국의 멜로물들이 큰 인기를 끌고 있었다.

　지금 생각해도 그때는 어떻게 기라성 같은 선남선녀 외국 배우들이 많
았는지 의아해하고 있지만 아마도 이것은 현재의 젊은 세대가 장년층이
되어 자신들이 젊었을 때 보았던 영화를 봐도 똑같은 생각을 할 것이라
고 추측이 되기도 한다.

▲ 영화제가 열리는 건물의 계단에 붉은 카펫이 깔려 있다
▼ 오른쪽의 안젤리나 졸리와 데니스 호퍼의 핸드 프린팅

여하튼 외국 영화에 자극을 받아서일까? 한국 영화도 그동안 눈부신 발전을 해서 이제는 아시아를 넘어서 국제적으로 알아주는 영화 강국이 되었다.

해변도로인 쿠루아제트 대로(Boulevard de la Croisette)는 칸 해변을 따라 약 3㎞에 걸쳐 있고 칸의 중요한 건물들이 이 해변가를 따라서 자리 잡고 있다. 칸을 떠나 2시간이 채 못 돼서 도착한 곳은 엑상프로방스라는 곳이었다.

▲ 쿠루아제트 해변 도로를 따라서 칸의 중요한 건물들이 서 있다.

▲ 영사기 등이 그려져 있는 칸의 버스

폴 세잔의 고향
엑상프로방스

이번 여행 일정에 마르세유는 포함이 안 되었지만 그곳에서 북쪽으로 30분 동안 버스로 올라가면 12세기에 프로방스 지역의 수도이었던 엑상프로방스(Aix-en-Provence)가 나온다. 이 도시는 2014년 기준 142,149명의 인구를 가진 소도시이다. 이곳은 폴 세잔(Paul Cezanne, 1839~1906)이 태어난 그의 고향이다. 엑상프로방스는 줄여서 엑스(Aix)라고도 하는데 이곳은 아비뇽, 마르세유, 아를 등 남부 주요 도시와도 연결되어 있는 교통의 요충지이기도 하다.

이곳의 날씨는 겨울에 영하로 내려가는 법이 없고, 일 년에 300일 정도는 구름 한 점 없는 파란 하늘을 볼 수 있어서 노년층이 선호하는 도시라고 한다. 다만 물가가 조금 비싼 것이 흠이라고 한다. 어느 곳이나 완전한 곳은 없는 것 같고 정들면 고향이고, 좋은 일이 자꾸 생기면서 자기의 삶이 풍요해지면 그곳을 '제2의 고향'이라고 부르는 것 같다.

폴 세잔의 작업장은 아주 자그마하고 아담해서 일행이 모두 들어갈 수는 없어서 두 그룹으로 나누어서 들어가 구경했다. 작업실에는 세잔이 평소에 애용하던 소품들도 있고, 세잔이 모네에게 보낸 편지도 있었다. 세잔의 작품 중에는 '카드놀이 하는 사람들', '테이블, 내프킨과 과일', '목욕하는 사람들' 등이 있지만 두 가지가 눈에 띈다.

▲ 폴 세잔의 작업실 전경
◀ 맨 위에 세잔의 작업장이라고 쓰여 있다.
▼ 세잔이 사용했다고 하는 소품들이 전시되어 있다.

하나는 소설가 '에밀 졸라' 등 친구들과 수영을 즐기면서 자연과 인간이 하나가 되는 이상을 꿈꾸면서 자라서 그런지 목욕하는 주제로만 여러 형태로 200여 점의 작품을 남겼다고 한다. 또 하나, 세잔이 즐겨 썼던 많은 소재는 엑상프로방스 근처에 있는 생트 빅투아르(Sainte Victoire) 산에서 나왔다고 한다. 자연의 변화에 따라 색채가 일으키는 변화에 관심을 갖고 주관적 감각을 중시하는 화가들을 후기 인상파라고 하는데 세잔이 그중의 하나라니 그렇게 이해해야 할지 잘 모르겠다.

▲ 엑상프로방스의 미라보 광장에 있는 노천 카페
◀ 세잔의 반신상과 물을 뿜는 얼굴들
▶ 폴 세잔의 자화상

▲ 엑상프로방스에서 만난 조그만 시위대는 동물보호 단체였다.

엑상프로방스에 관한 글을 쓰면서 생 소뵈르 대성당에 대한 사진이나 미라보 광장에 대해 더 많은 사진을 못 싣게 되어 아쉬움이 남는다. 그 대신 열댓 명이 가면을 쓰고 시위하는 장면을 카메라에 담았다. 나는 이 제까지 나름대로 해외여행을 많이 해왔다고 생각하는 편인데 관광을 하면서 이런 장면을 대하게 된 것은 처음 있는 일이었다.

이 퍼포먼스는 동물 학대에 항의하기 위한 동물보호단체의 시위였다. 정말 한국사회에는 시위가 일상화되어 있어서 이 조그만 퍼포먼스를 보면서 우리의 경우를 다시 한 번 생각해 보지 않을 수 없었다. 교통체증을 일으키는 것은 말할 필요도 없고, 다른 사람들의 일상생활까지 침해하면서 수시로 벌어지는 집단행동과 시위들. 한국의 이런 모습을 역동적이라고 보는 일부 외국인도 있지만 한국은 아직 갈 길이 먼 사회라고 느껴지는 것도 어쩔 수 없었다.

빈센트 반 고흐가
사랑한 아를

엑상프로방스에서 아침을 먹고 한 시간쯤 달려온 아를(Arles)도 미소국(美小國) 대부분의 도시들과 마찬가지로 처음 들어 본 도시다. 아를은 프랑스 남부 프로방스 알프코트다쥐르 지방에 있는 도시다. 2015년 기준, 인구는 52,886명밖에 안 된다. 네덜란드 출신의 화가인 빈센트 반 고흐(Vincent Van Gough, 1853~1890)가 이곳을 사랑하면서 인생 마지막 몇 년을 보낸 도시로 유명하다.

고흐는 이곳에 머무는 동안 '밤의 카페 테라스', '별이 빛나는 밤에', '노란집', '해바라기' 등 수많은 작품을 완성시켰다. 이 중에서 '노란집'은 자기가 살던 집을 좋아하는 노란색으로 칠해서 작품으로 남긴 것이다.

네덜란드의 여유 있는 중산층 가정에서 태어난 고흐는 조용한 성격으로 젊었을 때는 미술 중개상도 한 적이 있는데 런던에 간 후 우울증에 걸린 적도 있었다. 그러나 10년을 조금 넘긴 기간에 2,600여 점의 작품을 그렸고 그중 860점이 유화였다.

특히 유명한 그림의 대부분을 그의 생애 마지막 2년 동안에 그렸다. 고흐는 1886년 네덜란드에서 파리로 왔고, 1888년 2월에 파리에서 다시 아를로 왔다.

▲ 아를에는 고흐가 사랑하던 론(Rhone)강이 흐르고 있다.

▼ 로마의 식민지로 있을 때 세워진 아를의 원형경기장

온화한 기후와 햇살 등 아를의 눈부신 색채에 반한 고흐는 강렬한 느낌의 화풍을 보여주었다. 그는 아를에 와서 1889년 5월까지 300여 점의 작품을 완성했다. 미술계에서는 후기 인상파로 빈센트 반 고흐, 폴 고갱, 폴 세잔, 이렇게 세 사람을 꼽고 있는데 특히 고흐는 아를에 와서 화가공동체를 꿈꾸기도 했다.

화가공동체란 무엇인가? 우리가 보통 공동체라고 하면 '공통의 가치를 가지고 어떤 목적이나 일을 추구하는 집합체'라고 할 수 있는데 도대체 무슨 이유로 고흐는 화가공동체를 끊임없이 생각하고 있었을까? 고흐는 사후에 유명해졌을 뿐 생전에는 언제나 곤궁해서 그의 동생인 테오에게 경제적으로 의존하고 있었는데 동생에게 보낸 편지에 고흐가 생각하고 있었던 화가공동체에 대한 생각이 잘 나타나 있다.

그는 그 편지에서 다음과 같이 썼다. "…내가 그와 같은 야심을 가졌더라면 우리는 잘 지내지 못했을 것이다. 그러나 나는 성공에도 행복에도 관심이 없다. 내가 신경을 쓰는 문제는 인상파 화가들의 열의에 넘치는 기획을 오래 지속시키는 일이다. 그들의 안식처와 양식을 보장하는 문제에 관심이 있기 때문이다…."

고흐가 동생에게 보낸 편지 내용 속에 '그'는 아마도 파리에서 내려와 고흐가 외벽을 노란색으로 칠했던 화실 '노란집'에서 고흐와 같이 살고 있었던 폴 고갱(Paul Gauguin, 1848~1903)을 지칭하는 것 같다. 고흐는 파리에서 어느 정도 이름이 알려진 고갱을 반갑게 맞이하고 같이 살았는데 시간이 지나면서 성격 차이뿐만 아니라 그림에 대해 의견이 엇갈려 자주 말다툼을 하고 의견 충돌이 잦았다.

◀ 고흐의 작품들을 모아 놓은 포스터

▶ 벽의 문양처럼 고풍스런 거리의 모습

▼ 현재 문화센터로 이용되고 있는 고흐가 처음 입원해 있던 아를 병원의 정원

두 사람 간에 문제가 되었던 '해바라기를 그리는 반 고흐' 같은 고갱의 작품은 동거 초기에 두 사람의 사이가 좋았을 때 그렸던 것으로 추측해 볼 수 있다. 고흐는 고갱을 파리에서 만나 교유한 적이 있고, 고흐와 같이 살게 된 것도 고흐의 동생 테오의 추천 때문이었다고 하니까 고갱은 고흐 형제를 전부터 잘 알고 있었던 모양이다.

고흐와 고갱의 불화는 분명히 성격 차이에서 비롯된 것 같다. 처음에 고흐는 고갱을 찬미하고, 자기도 고갱으로부터 비슷한 찬사를 들었으면 하고, 그렇게 대우받기를 기대했는데 오히려 고갱은 거만하고 지배하려는 태도를 보이자 고흐는 이에 실망하고 불만을 표시했다. 그들은 자주 싸우기 시작했고, 이러한 상황에서 조금 약한 편이 으레 그러듯이, 마음이 여린 고흐는 고갱이 결국 자기를 버릴 것이라고 두려워했다.

빈센트 반 고흐는 고갱과 갈등을 느끼면서 이러한 상황을 '극도의 긴장감(excessive tension)'이라고 표현했고 두 사람의 관계는 위기의 정점을 향해 치닫고 있었다. 두 사람의 관계가 이렇게 최악의 상태에 빠졌을 때는 정신적 스트레스로 정상상태가 아닌 고흐보다는 고갱의 설명에 의존하지 않을 수 없다.

고흐가 죽은 후 수년이 지나면서 고갱은 당시의 상황을 회상했는데 그에 따르면 두 사람의 관계가 악화되었을 때는 고흐로부터 수차례 신체적 위협이 있었다고 한다. 또한 그 당시 테오가 고갱에게 얼마간의 돈을 빚지고 있었는데 고갱은 고흐 형제가 자기를 경제적으로 착취하는 것이 아닌가 하는 생각도 들었고, 이때는 고갱이 떠날 것을 고흐가 인식하기 시작했다는 것이다.

그다음 며칠간은 비가 계속 와서 두 사람은 노란 집에 갇혀 있다시피 했다. 그 뒤 비가 그친 후 고갱이 산책하러 나오자 고흐가 뒤따라 나왔고, 자기한테 달려오더니 면도칼을 들이댔다고 한다. 말다툼이 다시 시작되고 고갱이 간신히 고흐를 진정시켜 돌려보내고, 그날 저녁 고갱은 불안한 나머지 노란 집으로 돌아가지 않고 호텔로 갔다고 한다.

이런 상황에서 고흐의 정신상태가 어떠했을지는 충분히 짐작이 가고도 남는다. 자기 방에 돌아온 고흐는 왼쪽 귓불을 잘랐고 엄청난 출혈을 했다. 고흐는 상처에 붕대를 감고 자른 귓불은 종이에 싸서 고흐와 고갱 두 사람이 함께 알고 있던 창녀를 불러내 그녀에게 주었다. 다음 날 아침 의식을 잃은 채 자기 침대에 누워 있는 고흐를 경찰이 발견하고 병원으로 옮겼다. 이때가 1889년 12월 말이었다.

물론 이 과정에서 여러 가지 설이 있었음은 말할 필요도 없다. 그런 이야기들이 나오는 이유 중의 하나는 고흐가 극심한 정신적 붕괴상태에 있었기 때문이다. 고흐는 2주 동안 입원한 후 퇴원했다. 병원에서 퇴원 후 발작이 없을 때에는 고흐는 미친 듯이 그림을 그렸다고 한다.

◀ 오벨리스크와 깃발이 걸린
시청과 대성당

▲ 빈센트 반 고흐가 애용했던 카페 테라스

 1890년 봄, 생 레미 정신병원에 입원했을 때의 기록을 보면 "이 환자 반 고흐는 아를의 병원에서 온 환자로서 눈과 귀의 갑작스런 환각으로 심한 정신착란의 발작을 일으켜 아를 병원에 입원하고 있었다. 환자는 발작 동안에 왼쪽 귀를 잘랐는데 이에 대해서는 막연할 뿐 아무것도 생각나는 것이 없다고 한다."라고 되어 있었다.

 1890년 5월, 퇴원한 후 파리 인근에 있는 오베르쉬르 우아즈로 거처를 옮겨서도 작품 활동을 계속 이어갔으나 쇠약해진 몸과 마음에다 외로움을 이기지 못해 1890년 7월 27일 가슴에다 권총을 겨누고 자살했다. 아마도 심신의 쇠약과 고독보다도 더 이상 그림을 그릴 수 없다는 절망과 좌절감 때문이었으리라.

 이틀 후 그는 숨졌으며 사후에 더 유명해진 것은 씁쓸한 웃음을 자아내는 아이러니일 뿐이다.

중세의 성곽요새인
카르카손

▲ 카르카손 요새도시 정문의 입구

우리의 지도에는 카르카손(Carcassone)이라는 지명이 나와 있지 않지만 아를로부터 버스로 2시간 30분 걸려 도착한 곳이 5세기경에 서고트족이 세운 라 시테의 카르카손 성곽 요새이다. 좀 더 정확하게 말하면 카르카손은 13세기에 세워진 생 루이, 5세기경에 세워진 라 시테로 나누어지는데 유럽에 남아 있는 중세도시 가운데 유일하게 완벽한 요새 도시의 모습을 갖춘 곳이다. 카르카손의 인구 역시 2006년 기준으로 50,169명밖에 되지 않지만 완벽한 중세도시의 모습 때문에 세계 각지로부터 오는 관광객들이 즐겨 찾는 곳이 되었다.

웅장한 성벽과 대비되는 뾰족한 탑, 요새 도시의 전형으로 성을 둘러싸고 있는 방어벽과 주거지, 도로, 고딕양식의 성당 등이 잘 보존되어 있었다. 카르카손을 떠나면서 멀리 보이는 성곽의 모습과 뾰족한 탑들, 그리고 오목함과 볼록함의 요철 모양으로 된 성채의 전체 모습은 왜 카르카손의 보드게임이 보드게임 판에서 유명하게 되었는지를 알 것 같았다.

카르카손 보드게임은 2인 내지 5인이 카드나 타일을 놓아가면서 땅따먹기의 룰에 따라서 도로, 성, 성당을 점령하고, 각각 매겨진 점수를 합산해서 모든 카드를 다 쓸 때까지 더 많은 점수를 낸 사람이 이기는 게임이라는데 생각보다 재미있어 보드게임 판에서 인기가 있다고 한다. 이런 게임이 가능한 것도 카르카손의 성곽이 중세 때 모습 그대로 보존되었기 때문이라고 생각되었다.

▲ 유네스코 세계문화 유산으로 등재되어 있는 완벽한 요새도시
▼ 중세시대의 성곽 요새의 모습인 카르카손 성

▲ 카르카손 라 시테의 성곽 안에 있는 성당의 모습
◀ 성곽 내부구조의 또 다른 모습
▶ 동상과 상점이 있는 거리의 모습

▲ 카르카손 내부의 성과 성을 이어주는 다리의 모습

안도라 *Andorra*

프랑스와 스페인 국경에 있는
작은 나라 안도라

안도라(Andorra)의 정식 명칭은 안도라 공국(Principality of Andorra)으로 유럽에서 여섯 번째로, 세계에서는 열여섯 번째로 작은 나라이며 면적은 468㎢로 크기만 봐서는 경기도 평택이나 전북 김제 정도밖에 안 되는 작은 곳이다. 피레네 산맥 남쪽 깊숙이 자리 잡고 있는 안도라는 스페인과 프랑스 사이에 있는 자치국이다. 안도라의 인구는 2016년 기준, 85,660명으로 인구 구성을 보면 안도라인 33%, 스페인인 43%, 포르트갈인 11%, 프랑스인 7%, 기타 6%로 되어있다. 인구의 대부분은 가톨릭교도이다.

안도라는 북쪽과 동쪽은 프랑스에 국경을 맞대고 있으며, 남쪽과 서쪽은 스페인에 접해 있다. 그래서 프랑스의 대통령과 스페인 카탈루냐 교구인 우르헬 주교가 국가 원수 역할을 공동으로 수행하고 있다. 안도라는 전통적으로 북부 스페인의 카탈루냐와 강한 유대를 가지고 있고 언어는 카탈란, 스페인어, 포르투갈어, 프랑스어가 순서대로 많이 쓰이고 있다. 안도라는 1993년부터 유엔 회원국이고, EU 회원국은 아니지만 통용화폐로 유로화를 쓰고 있다.

안도라의 수도는 안도라라베야(Andorra la Vella)로 해발 1,023m의 고지에 있기 때문에 세계 각국의 수도 중 가장 높은 곳에 위치해 있는 셈이다. 2016년, 1인당 국민소득은 3만 6,987달러이고, 일부 통계는 4만 달러 이상으로 나와 사람들의 생활수준은 괜찮은 편이다.

안도라의 이름은 처음에 조금 생소해서 약간 기대도 했지만 안도라의 수도인 안도라라베야에 대한 첫인상은 아주 평범했다. 그래도 안도라는 몇 가지 특징이 있는데 나라 전체가 면세지역으로 '유럽의 슈퍼마켓'으로 불리고 있고, 쇼핑을 거의 하지 않은 관광객들도 유혹을 느끼지 않을 수 없는 곳이기도 하다.

▲ 안도라로 가는 대자연 속에서 양들이 풀을 뜯고 있다.

▲ 왼쪽 건물이 우리 일행이 안도라에서 묵었던 호텔이다.

▼ 상점은 문을 닫고 거리에 사람들도 없는 안도라의 밤거리

▲ 아침에 호텔에서 밖을 바라보다 제일 먼저 눈에 띈 뾰족한 건물
▼ 오전 11시인데도 한적한 안도라라베야의 거리

▲ 안도라를 떠나면서 마주친 우뚝 솟은 산봉우리

   피레네 산맥에 둘러싸여 있는 안도라는 겨울에는 스키 천국으로 변한다. 한마디로 나라 전체가 스키장으로 변한다. 특히 그랑 바리라 스키장은 그 면적이 용평리조트의 수십 배라고 하는데 상상이 가지 않는다. 또한 온천물도 좋다고 하니까 왜 국내 총생산의 80%가 관광수입인지 이해가 된다.

   안도라는 관광업 이외에 담배와 과일도 약간 생산한다고 한다. 지금은 어떨지 모르지만 2013년 Global Burden of Disease Study에 의하면 안도라가 81세로 세계에서 최장의 기대수명을 이룩했다고 했으며 공기청정지역도 이런 기록에 한몫했다는 생각이 들었다.

   이제 작은 나라와 도시들을 돌아보는 우리의 여정도 막바지에 접어들면서 3시간 30분 걸리는 스페인의 사라고사를 향해서 출발했다. 오랜만에 집으로 돌아가서 가족을 보게 되었다는 포르투갈 출신 버스 기사의 설렘 때문인지 버스는 힘차게 달리고 있었다.

스페인 *Spain*

역사와 문화의 도시
사라고사

    사라고사는 전에 한 번 가본 적은 있지만 기록을 남겨본 적은 없는 스페인의 도시이다. 그때도 성당만을 구경했는데 한여름이라 그런지 무척 더웠던 기억만 난다. 안도라에서 점심을 먹은 후 3시간 반이나 지나서 스페인 북동부 에브로 강의 중류에 위치한 사라고사에 도착했다. 2016년, 인구가 661,108명에 이르니 인구는 좀 많은 편이다.

    사라고사는 스페인의 수도인 마드리드와 바르셀로나의 딱 중간에 있으며 이 두 도시 이외에도 발렌시아와 빌바오와도 약 300km의 거리에 있어서 교통의 요충지 역할도 해왔다. 특히 사라고사는 세비야와 톨레도와 함께 서고트 왕국의 문화 중심지였고, 현재 스페인과 포르투갈이 자리 잡고 있는 이베리아 반도의 왕국들이 단일 국가로 통일될 때까지 아라곤 왕국의 수도로 번창하였다.

    사라고사는 민속과 현지 음식으로도 유명하고 필라르 성모 대성당, 라 세오 대성당, 알하페리아 궁전 외 세 개의 건축물이 아라곤의 무데하르 건축양식인데 이것들이 모두 사라고사의 랜드마크로서 유네스코 세계유산으로 등재되어 있다.

▲ 산티아고 다리 위에서 바라본 필라르 성모 대성당의 위용

▼ 사라고사의 랜드마크인 필라르 성모 대성당

이 건물들 중 필라르 성모 대성당이 가장 유명한데 예수의 열두 제자 중 하나인 야고보가 이베리아 반도로 가서 선교하라는 계시를 받고 활동하던 중 너무 힘들어할 때 성모가 발현해서 기둥을 주며 성당을 세우라고 해서 세운 것이 이곳 성모 대성당이라고 한다. 필라르(pilar)는 기둥이라는 뜻의 스페인어이다. 이 성당은 도착한 바로 그날 마침 내부촬영이 허용이 안 돼, 들어가자마자 찍은 듯 두 컷밖에 사진을 못 찍었다.

▲ 필라르 성모 대성당의 내부 광경
◀ 천장화가 보이는 성모 대성당
▶ 가운데 건물이 라 세오 대성당

에브로(Ebro)강 옆에 있는 이 성당은 화려한 타일 장식의 11개 둥근 지붕도 유명하지만 더욱 큰 화제가 되었던 것은 스페인 내전 당시 지붕을 뚫고 떨어진 두 개의 폭탄이 모두 불발되었다는 기적과 같은 이야기 때문이다. 또한 성당의 천장화는 고야의 작품이라고 하는데 사라고사가 고향이기도 한 고야는 1780년경 궁정화가가 되어 왕족의 초상화와 사라고사와 마드리드의 주요 성당 벽화를 그렸다고 한다.

스페인의 역사를 거론할 때 이사벨 여왕을 빼놓을 수 없는데 그녀도 이곳의 알하페리아 궁전을 사용하면서 여기서 콜럼버스의 대서양 횡단을 허락했다고 하니까 사라고사가 역사와 문화의 도시로 소개되는 데 손색이 없을 것이다. 스페인을 실질적으로 통일한 이사벨 여왕은 정말 걸출한 여왕이었다. 통치자의 이복동생으로 끊임없이 오빠의 견제를 받았을 뿐만 아니라 왕권 강화를 반대하는 귀족들의 세력까지 극복하면서 결국 유대교와 이슬람을 몰아내는 데 성공함으로써 '잃어버린 국토를 되찾는 운동'인 레콩키스타의 일등공신이 되었다. 정말 많은 나라들이 부러워할 만한 국가지도자였다.

사라고사는 상업도시라고도 알려져 있다. 사라고사의 필라르 광장에는 지구온난화로 빙하가 녹아내리는 형상의 분수가 설치되어 있는데 이것은 2008년 7월부터 9월까지 사라고사에서 열린 '물과 지속 가능한 발전'이란 주제의 세계박람회 때 만든 시설이라고 한다.

▲ 2008년 '물과 지속 가능한 발전' 주제의 엑스포(Expo)기념조형물
▼ 사라고사에서 팜플로나로 가는 도중에 만났던 로마의 수도교

사라고사가 물과 관련한 도시임은 틀림없었다. 사라고사를 떠나 얼마를 가다 보니 이번에는 로마시대의 수도교가 나타났기 때문이다. 세고비야의 수도교와는 다르게 규모는 작지만 건설된 지 얼마 안 된 것처럼 보여서 로마인들의 건축기술의 우수함을 다시 한 번 실감할 수 있었다. 사라고사는 또한 스페인 공군의 집이라고도 할 정도로 훈련센터가 있어서 군사도시로서도 유명하다. 더구나 고속철도가 2003년에 개통되어 마드리드까지 1시간 30분밖에 걸리지 않아 교통의 중심지로서도 확실히 사라고사는 번창하고 있었다.

인구가 증가하고 도시가 성장하면서 제일 중요한 자원이 물과 에너지, 특히 전기를 얻을 수 있는 에너지이다. 사라고사를 떠나 다음 목적지인 팜플로나(Pamplona)로 향하는 버스에서 차창에 비친 광경은 들과 산에 우뚝 선 풍력발전기들이었다. 풍력발전기는 90년대부터 대체 에너지의 일종으로서 바람이 많은 서유럽부터 널리 보급되기 시작해서 독일과 스페인이 수위를 다투었는데 10여 년 전부터는 중국과 미국이 세계 1, 2위 풍력발전기가 많은 나라가 되었다.

내가 해외여행을 하면서 풍력발전기를 가장 많이 본 것은 2015년 2월 말 로스앤젤레스에서 팜 스프링스 사막지대로 자동차를 몰고 가다 만났던 광경인데 정말 수없이 많은 풍력발전기의 팬(fan)이 돌고 있었다. 캘리포니아의 광활한 대지에서나 구경할 수 있었던 장관이었다. 풍력발전기는 온실가스를 발생시키지 않아서 대체 에너지의 일종으로서 널리 보급되고 있지만 자연경관을 해치고 소음이 크게 들리는 문제점이 있다.

특히 국토가 넓은 나라에서는 문제가 될 수 없지만 땅은 좁고, 인구조밀 지역에서는 적합하지 않은 에너지원이라고 할 수 있다. 친환경 에너지가 많이 필요한 우리나라로서는 아쉽기 짝이 없는 에너지라고 할 수 있다.

소몰이 축제행사로 유명한
팜플로나

스페인의 소몰이 축제행사로 유명해진 팜플로나(Pamplona)는 기원전 1세기경 로마의 장군인 폼페이우스에 의해 건설된 이후 이슬람교도와 서고트족에 의해 정복당하기도 하고 여러 민족의 침략을 받았지만 나바라 왕국의 수도로 계속 번창했다. 그리고 1513년 스페인 왕국에 복속되면서 나바라주의 주도가 되었다.

'산 페르민 축제'라고 불리는 소몰이 행사는 어떻게 이루어지는 것일까? 매년 7월 6일부터 7월 14일 사이에 실시되는 소몰이 행사인 팜플로나 '산 페르민 축제'는 투우에 쓰일 소들이 수백 명의 사람들과 뒤엉켜서 사육장으로부터 투우장까지 약 800m의 거리를 질주함으로써 팜플로나 시 전체를 스릴과 흥분, 격정으로 몰아넣는다. 더구나 이 축제를 보러 많은 관광객들이 전 세계로부터 몰려와서 팜플로나의 축제 분위기는 한층 더 무르익는다. 어니스트 헤밍웨이는 「해는 또다시 떠오른다」라는 작품으로 '산 페르민 축제'를 세계에 홍보해 주었기 때문에 팜플로나에는 그의 동상이 세워져 있다.

▲ 소몰이 축제 광경 중 긴박했던 순간을 재현한 조형물

◀ 어니스트 헤밍웨이의 동상

▶ 소떼가 통과하는 좁은 골목길

▲ '산 페르민 축제'가 어떤 행사인지를 잘 보여주는 포스터

　헤밍웨이는 정말 팜플로나를 좋아했던 것 같았다. 시내 중심지에 카스티요 광장이 있고 그 광장 북쪽에 '이루나(Iruna)'라는 카페가 있는데 헤밍웨이는 그곳에 자주 들러 커피를 마셨다고 한다. 이 단골 카페는 그의 작품인 「해는 또다시 떠오른다」의 배경이 되기도 해서 더 유명해졌다. 그의 초기 작품인 이 소설은 '잃어버린 세대(Lost Generation)'의 절망과 극복에 관한 이야기이다. 1차 대전과 같은 전쟁이 젊은이들의 꿈을 파괴했지만 상실의 세월을 극복하면서 새로운 길을 모색해 보는 것이 소설의 주제이다. 주인공들 중에는 투우사도 있어 팜플로나가 소설의 배경이 되기도 한다.

▲ 헤밍웨이가 자주 들렸다는 카스티요 광장의 이루나 카페
▼ 팜플로나 성당 내에 안치되어 있는 카를로스 3세의 부부 묘

2015년, 팜플로나의 인구는 195,853명으로 20만 명이 채 안 되는 작은 도시이다. 로마의 식민지로 건설된 팜플로나는 11세기부터 번성하기 시작했다. 스페인 서북쪽에 있는 성지인 산티아고 순례길이 1083년에 개통되었는데 그쪽으로 가는 여정에 팜플로나가 있다. 따라서 자연히 피레네 이북의 그리스도 교도들이 몰려들며 도시는 발전해 왔다.

　　12세기경에 고딕식으로 건축되었다고 하는 팜플로나 대성당은 일명 산타 마리아 대성당이라고도 불리는데 도시의 중심부에 있다. 성당은 규모도 크고 내부는 비교적 화려했다. 이제 스페인의 또 다른 도시로 떠날 시간이 되었다. 우리가 팜플로나를 떠나 약 2시간 만에 도착한 곳은 빌바오의 구겐하임 미술관이었다. 날은 잔뜩 흐려 비가 오기 시작했다. 여행 중 가장 날씨가 좋지 않은 날이었다.

구겐하임 미술관을
자랑하는 빌바오

　스페인 북쪽에 있는 비스카야 만은 프랑스 남서부 해안과 스페인 북부 해안을 사이에 두고 있는데 빌바오(Bilbao)는 이 만의 한쪽 끝에 위치하고 있다. 빌바오의 인구는 2018년 기준 35만 4,860명으로 아주 작은 도시는 아니고 메트로폴리탄 인구까지 합치면 분명 배 이상이나 될 것이다.

　대부분의 도시처럼 빌바오에도 네르비온(Nervion)이라는 강이 흐르고 있다. 빌바오는 바다에서 멀지 않고 강을 끼고 있기 때문에 자연히 교역이 발달했고 15세기부터 16세기에 걸쳐 스페인과 아메리카 식민지들과의 교류가 활발해지면서 빌바오도 같이 번창했다.

　특히 19세기에는 석탄과 철광이 매장된 광산이 개발되면서 철강산업과 조선업이 발달했다. 그러나 이 두 산업이 일본과 한국 등 다른 나라에서 발달하면서 빌바오는 쇠락을 거듭하다가 1990년대 후반에 도시 중심부에 대대적인 건축 프로젝트를 계기로 다시 살아나기 시작했다. 빌바오 도심 재개발 계획의 맨 앞에 있던 건축 프로젝트가 바로 구겐하임 미술관 건립이었다. 뉴욕 구겐하임 미술관의 역사가 80년이나 되는 데 비해 빌바오의 미술관은 1997년에 개관했으므로 20년이 조금 넘었을 뿐이다.

▲ 회색의 티타늄으로 된 구겐하임 미술관과 꽃 강아지의 모습
▼ 일곱 송이의 튤립과 미술관 개관 10주년 때 설치된 다리 위의 붉은 아치

▲ 더욱 웅장하게 보이는 구겐하임 미술관의 측면 모습
▼ 빌바오 구겐하임 미술관의 후면 모습

▲ 미술관 뒤쪽에 설치되어 있는 큰 거미의 모습
◀ '시간의 문제(The Matter of Time)'라는 명칭의 설치 조형물
▶ 관객이 들어가서 체험도 할 수 있는 '시간의 문제'

구겐하임 미술관은 프랑크 게리(Frank Gehry)라는 미국의 건축가가 디자인한 것으로 건물 전체를 온통 가벼운 티타늄판으로 장식했다. 미술관의 전체 모양을 위에서 보면 꽃 같은 모습을 보여 '금속으로 된 꽃(metal flower)'이라고 불리기도 했다. 박물관의 전체 모습이나 위에서 본 꽃 모양을 사진에 담을 수 없어 미술관의 각 부분들을 따로 찍었지만 웅장한 건물이란 인상을 받았다.

빌바오의 구겐하임 미술관이 1997년 개관했을 때 '세계에서 가장 웅장한 건물 중의 하나로 20세기의 걸작품'이라든가 '우리 시대의 최대 건물' 또는 '티타늄을 걸친 채 물결치는 모습으로 파도를 가르는 환상적인 꿈의 배'와 같은 찬사와 함께 이 건축물을 '항해하는 배'로 묘사하기도 했다.

물론 이 미술관이 처음 그 모습을 나타내자 '볼품없는 강철 덩어리'와 같은 혹평도 있었지만 이 건물이 나오면서 비슷한 디자인의 다른 건물들이 계속 등장한 사실을 상기하면 당시 화제가 되었음은 분명했던 것 같다. 또한 전통적인 회화보다는 특정 공간에 맞게 대규모의 설치물들이 작품으로서 자리를 잡고 있는 것은 빌바오 구겐하임 미술관의 특징이라고 할 수 있다.

우선 미술관 광장에 꽃으로 장식된 높이가 12.4m나 되는 '꽃 강아지' 또는 '꽃 개'라고 불릴 수 있는 '퍼피(Puppy)'는 미술관 개관 때 설치한 작품으로 개관 후 철거할 예정이었으나 방문객들의 인기가 높고 빌바오 시민들의 철거반대로 계속 전시되고 있다고 한다. 건물 후면에 전시되고 있는 일곱 송이의 튤립이며 거대한 거미의 조형물은 미술관 건물 주위에 적절하게 배치되어 있었다.

구겐하임에서 거미 조형물보다 더 유명한 작품은 리차드 세라(Richard Serra)가 디자인한 일련의 강철 조각품이다. 1994년서부터 2005년 사이에 제작된 이 작품은 규모가 커서 2층에서 굽어봐야 전체 파악이 가능한데 그것을 못 찍어 아쉬웠다. 이 작품은 커다란 철판을 세워서 이리저리 둥글게 감아 놓은 조형물도 있고, 2층에서 보면 S자 모양을 세 개 겹쳐 놓아서 뱀처럼 보이는 것도 있다.

앞쪽의 사진에 나와 있는 것 같은 작품도 있는데 사람들이 미로와 같은 내부 공간으로 들어가 볼 수 있도록 했다. 언뜻 보기에는 커다란 조각물을 세워 놓은 것 같지만 관객이 직접 그 속으로 들어가서 체험과 감상을 통해 공감할 수 있도록 했다. 이 작품은 1994~1997년에 제작된 세라의 뱀 시리즈의 하나이다.

그런데 구겐하임 미술관에 처음 발을 들여놓았을 때 관객을 압도한 것은 온갖 색채로 화려하게 꾸며 놓은 기괴한 생물들이 공중에 매달려 있던 광경이었다. 꽃봉오리 같기도 하고 뱀 모양을 나타내려고 한 것이 아닌가 하는 생각도 들었으나, 오히려 문어 등을 표현한 것 같다는 생각도 들었다. 실제로 구겐하임 미술관은 1998년 뱀 모양의 작품을 만들기도 했다. 여하튼 보는 사람으로 하여금 난해한 느낌을 갖게 하는 것이 이 작품의 의도가 아닐까 하고 여길 정도로 설치물의 실체 파악이 어려웠다.

괴물처럼 보이는 이 작품은 발코니에서 볼 때와 머리 위로 볼 때 어떻게 보이는지는 사진에 나타난 그대로이지만, 무엇을 의미하는지 규명하지 못했고, 여행 후 인터넷을 비롯한 모든 자료를 찾아봤지만, 답을 얻지 못했다. 사진만 찍고 작품에 대한 정보를 쉽게 구할 수 있으리라는 낙관적인 나의 태도가 문제였다. 따라서 구겐하임 미술관 방문은 절반의 성공에 그쳤다는 느낌이었다.

▲ 정체를 알 수 없는 생물이 공중에 매달려 있다.

◀ 아주 높은 곳에 매달려 있는 생물체의 모습

▶ 어느 각도에서 찍어도 그 정체를 알기 어려운 물체

산티아고 순례자들이
쉬어 가는 부르고스

우리 여행의 마지막 목적지인 스페인의 부르고스(Burgos)는 11세기에는 카스티야 왕국의 수도였고, 중세부터 번창하면서 스페인의 문화유산을 보유한 도시가 되었다. 더구나 부르고스는 2013년의 '스페인 요리법의 수도(Spanish Gastronomy Capital)'로 뽑힌 후, 2015년에는 유네스코에 의해 '요리법의 도시(City of Gastronomy)'로 명명되었고 그 후 '창조적인 도시 연결망(Creative Cities Network)'의 일부분이 되었다.

부르고스가 음식으로도 유명한 곳인지는 몰랐다. 또한 부르고스는 스페인에서 이교도를 몰아내고 잃어버린 국토를 되찾으려는 운동인 '레콩키스타'의 초기에 군사적 거점이 되었으며, 스페인 내전 시에도 인민전선 정부에 대항하면서 반란군을 이끌었던 프랑코 장군 쪽의 거점 도시가 되었었다.

스페인은 세계에서 관광국으로 명성이 높은 나라 중 하나이기 때문에 마드리드와 바르셀로나를 비롯해서 스페인의 여러 도시들이 그동안 많이 알려져 왔지만 부르고스는 비교적 알려지지 않았다. 부르고스의 인구는 2017년, 175,623명으로 메트로폴리탄 인구 2만까지 합쳐봐야 20만밖에 안 되는 작은 도시이다.

▲ 플라타너스가 도로 양옆으로 늘어선 부르고스 주택가의 모습

부르고스에서 가장 유명한 건물은 부르고스 대성당이다. 흔히 말하는 부르고스의 랜드마크라고 해도 손색이 없다. 이 대성당은 프랑스 고딕양식이 스페인의 건축물에 융합된 사례 중 하나이다. 부르고스는 스페인 북서부에 있는 산티아고로 가는 순례길에 있다. 순례여행(pilgrimage)은 신앙심의 형태로서 행하게 되는 신성한 지역으로의 여행을 말한다. 중세에서부터 기독교인들은 산티아고 컴포스텔라 대성당(Catedral de Santiago de Compostela)으로 몰려들었다.

컴포스텔라 대성당은 산티아고 성지순례의 목적지이며, 산티아고로 향하던 순례자들이 부르고스의 이곳 광장에서 성당을 바라보거나 성당 내부로 들어가서 지친 몸이지만 경건한 마음으로 기도하면 새로운 힘이 솟아나서 다시 순례길에 오를 수 있음을 우리는 충분히 상상해 볼 수 있다. 예로부터 프랑스 국경에서부터 산티아고까지 이어진 길을 순례자의 길이라 부른다.

▲ 대성당을 보기 위해 산타마리아 아치로 들어가고 있는 관광객들
▼ 산타마리아 아치를 나오면서 보게 된 부르고스 대성당의 위용

그리고 순례자들에게 이곳 대성당에 대한 소문이 퍼지면 더 많은 사람들이 부르고스로 오면서 산타마리아 대성당의 명성은 더욱 높아질 것만 같았다.

부르고스 대성당! 보석을 모아 놓은 저장소처럼 볼 곳이 너무 많은 대성당이다. 1221년에 페르난도 III세가 착공해서 40여 년 만에 완성된 일명 산타마리아 대성당이라고 하는 부르고스 대성당은 세비야와 톨레도에 있는 성당들과 함께 스페인 3대 성당으로, 그 명성에 걸맞게 웅장하면서도 정교한 모습을 우리에게 보여주었다. 이 대성당은 1984년 유네스코 세계문화유산으로 등재되었다.

▲ 성가대석 바로 위에는 온갖 정교한 조각들이 새겨져 있다.

▲ 카스티요의 지사였던 Don Pedro Fernandez de Velasco 부부의 묘
◀ 성당 바닥에 있는 엘시드 부부의 묘
▶ 예수와 동방박사들이 보이는 조각품

부르고스에서 빼놓을 수 없는 사람이 스페인의 국민 영웅으로 불리는 엘 시드(El Cid)이다. 앞쪽의 사진에서 본 것처럼 성당 중앙의 바닥에 안치된 엘 시드의 본명은 로드리고 디아스 데 비바르(Rodrigo Diaz de Vivar)이다. 엘 시드의 시드는 아랍어로 '군주'를 뜻하는데 엘 시드는 부르고스에서 태어났으며 카스티야 레온 왕인 알폰소 6세를 섬기면서 무어인과의 싸움에서 큰 명성을 떨쳤다.

그러나 엘 시드는 왕과 불화를 겪으면서 세 차례나 추방되었다. 그래서 한때는 적국인 이슬람 사라고사 왕국에 몸을 의탁하기도 했다. 그러나 그는 다시 기독교 진영으로 돌아와 1089년에 스페인의 동쪽 항구이며 무어인들의 요새인 발렌시아를 함락시켜서 스페인의 영웅이 되었다. 엘 시드는 아랍인들의 침략에 맞서기도 했지만 종교의 자유를 위해 자신의 삶을 바쳤으며 그의 용기는 적으로 상대하던 아랍인들도 존경했다고 한다.

스페인은 오랫동안 남미의 일부 나라들을 지배하면서 금을 많이 가공해서 그것을 다시 스페인으로 반출했다. 그래서 그런지 스페인의 많은 성당과 이곳 부르고스 대성당의 내부 장식도 금으로 많이 치장되었다. 스페인이 한때 해양국가로서 국위를 떨칠 때의 일이었다. 스페인의 국토 면적은 506,030㎢로 한반도의 면적보다 약 2.3배나 크다.

▲ 맨 위쪽의 그리스도의 모습과 벽에 새겨진 정교한 조각들
▼ 금으로 된 장식과 그림이 어우러져 고급스러운 느낌이 나는 천장화

▲ 정교하기 이를 데 없는 또 하나의 천장화

◀ 금으로 장식된 제단 뒤의 벽

▶ 조각으로 표현한 성서 이야기

영국, 독일, 일본이 한반도의 두 배가 채 안 되는 데 비하면 스페인의 면적은 비교적 커서 2012년 스페인의 여러 도시를 여행하면서 부러워한 기억이 있다. 스페인 대부분의 지역이 여름에는 덥고 청명한 지중해성 기후를 가지고 있다. 특히 지중해 연안 지역은 여름뿐만 아니라 사계절 건조하고 온난한 날씨를 가지고 있다. 반면에 대서양에 접해 있는 북서부 지역은 여름은 조금 선선하기는 하지만 겨울은 비교적 온화하다고 한다. 한편 남동부 지역은 스텝기후로 건조하며 여름엔 약한 우기도 있다고 한다.

◀ 대성당 근처의 골목길
▶ 남성 조각상과 한 소녀

  스페인은 유럽 최대 농업국이지만 국토 대부분이 척박하다는 것도 의
외의 사실이다. 그래도 보리와 밀, 오렌지, 토마토를 생산하고 포도는 유
럽에서 세 번째로 많은 생산량을 가지고 있고 올리브는 대부분 기름으
로 가공된다고 한다. 2017년 기준, 세계은행(World Bank)자료에 의하면
스페인의 1인당 국민소득은 28,157달러로 나와 있다. 한국은 29,743달
러로 스페인보다 조금 앞서 있지만 별 차이가 없다고 본다. 2018년 스페
인의 인구는 약 4,640만으로 한국보다 조금 적은 편이다. 다만 인구감소
에 대한 전망은 심각하지 않은 편이다.

  부르고스 대성당은 정말 볼 것이 많았다. 대성당뿐만 아니다. 2017년
세계로부터 온 8,200만이나 되는 관광객이 스페인을 방문했다. 세계관
광기구(World Tourism Organization)의 본부가 마드리드에 있다는 것은 스페

인이 관광대국 중 하나라는 사실을 그대로 보여준다.

스페인의 현대사는 어느 나라의 역사 못지않게 복잡하다. 젊은 장군으로 스페인 육사교장도 역임한 프란시스코 프랑코(1892~1975)는 1936년 2월 총선에서 좌파가 대승해서 사회당, 공산당, 급진 사회당의 3당이 좌파 인민전선 정부를 구성하자 이에 대항해서 군사 쿠데타를 일으켰다. 그리고 스페인은 1936년부터 1939년까지 3년 동안 내전에 휘말렸다.

합헌정부를 수립한 좌파의 공화국 군대는 실전에 강하지 못한데다 내분까지 있었던 데 비해 프랑코가 이끄는 우파 세력은 히틀러와 무솔리니의 지원까지 받아 결국 전쟁에 승리했다. 미국, 영국, 프랑스, 독일 등 각 나라의 자유주의자들과 지원병들이 '국제여단'이라는 이름으로 좌파 인민전선 공화국을 도왔으나 무위에 그쳤다. 영화 〈누구를 위하여 종(鐘)은 울리나〉도 인민전선 공화국을 돕기 위해 스페인에 온 미국 청년의 전쟁과 사랑에 관한 이야기이다.

프랑코는 권위주의적인 정권을 수립, 38년 동안 스페인을 지배했다. 2차 대전이 끝난 후에도 스페인은 과거의 전력 때문에 서유럽의 자유주의 국가로부터 소외되었다. 1975년 프랑코 사후, 입헌 군주국체제에서 후안 카를로스 I세가 민주주의 정권을 착실히 유지해서 오늘에 이르렀다. 이제 몇 년 전에 돌아본 영국, 북아일랜드, 독일의 작은 도시들을 돌아보기 위해 떠나야겠다.

영국 *United Kingdom*

영국에서 가장 오래된
대학이 있는 옥스퍼드

영국의 국토 면적은 작아서 한반도의 1.1배밖에 안 된다. 2015년 독일을 여행해 봤기 때문에 짐작할 수 있는데 영국도 한 도시에서 다른 도시로 여행하는데 그리 시간이 많이 걸릴 것 같지 않았다. 왜냐하면 통일독일의 면적은 한반도의 1.6배라서 그곳에서도 도시 간의 기차나 자동차 여행이 지루하지 않았는데 영국 국토 면적은 그보다 훨씬 작았기 때문이다.

원래 영국의 여행기에서는 옥스퍼드를 소개할 계획은 없었고 셰익스피어의 생가가 있는 스트랫포드 어폰 에이번부터 돌아보려고 했는데 그곳에 가는 도중에 옥스퍼드가 있기 때문에 옥스퍼드(Oxford) 대학을 그냥지나칠 수가 없었다. 그리고 옥스퍼드 대학과 얽혀 있는 캠브리지 대학과 미국의 하버드 대학에 관한 이야기도 덧붙이려고 한다.

영국의 인구현황은 어떠한가? 영국의 인구는 조금 후에 보기로 하고우선 옥스퍼드 대학을 간단하게라도 소개하려고 한다. 런던에서 북서쪽으로 80km 떨어져 있는 옥스퍼드 대학은 44개 대학(Colleges and Halls)으로 이루어졌는데 38개 대학은 주로 기숙사가 있는 대학이고, 나머지 6개의 Halls(Permanent Private Halls)는 성공회, 감리교, 천주교 등 종교기관과 관련된 신학대학들이다.

▲ 런던, 리버풀, 에든버러, 벨파스가 포함된 여행경로

▼ 옥스퍼드의 크라이스트 처치 칼리지

이 중 우리의 관광일정에 포함된 대학은 크라이스트 처치(Christ Church)와 머튼(Merton) 대학으로 전자는 특히 수학과가 유명하고 후자는 법학과가 유명하다. 옥스퍼드는 그동안 14명이나 되는 총리를 배출한 영국 최고의 명문 대학으로 그 설립 시기는 명확하지 않으나 대략 800여 년 전으로 추정되고 있고, 가장 오래된 대학의 하나인 유니버시티 칼리지(University College)의 설립도 1249년으로 거슬러 올라간다.

영국에서 '옥스퍼드' 하면 반드시 뒤따라 거론되는 대학이 캠브리지(Cambridge)이다. 이 두 대학은 '도시 속에 있는 대학'과 '대학 속에 있는 도시'로도 비교 설명되고 있다. 인구 약 15만의 옥스퍼드는 대학이 도시의 일부에 그치는 느낌이지만 약 12만 명의 인구를 가진 캠브리지는 대학과 도시가 한데 엉켜 있어 도시 자체가 대학이라는 느낌을 준다.

'캠강에 걸쳐 있는 다리'라는 의미의 캠브리지는 런던의 북동부 쪽으로 약 80km 되는 곳에 있는데 도시 인구의 약 15%가 캠브리지 대학 학생 아니면 교직원이라고 할 정도로 도시 자체가 대학이라는 느낌이 강하다. 더구나 캠강이 35개 단과대학 중 일부 대학을 관통하고 있어서 캠퍼스가 무척 아름답다. 옥스퍼드는 런던에서 북서쪽으로, 캠브리지는 북동쪽으로 비슷한 거리에 있어서 자동차로는 약 50분, 기차로는 약 1시간 20여 분 걸린다.

영국을 대표하는 명문 대학으로 쌍벽을 이루는 이 두 대학은 옥스브리지(Oxbridge)로 표현되면서 영국 엘리트 교육의 총 본산지라고 할 수 있다. 옥스퍼드보다 약 70년 후인 1381년에 인가를 받은 캠브리지 대학은 당초 옥스퍼드에서 분쟁에 휩쓸린 일부 교수들이 캠브리지로 와서 세웠다고 한다.

▲ 시험을 망친 옥스퍼드 학생들이 한숨을 지으며 건넜다는 '탄식의 다리'

　이야기의 발단은 13세기 이후로 거슬러 올라간다. 영국과 프랑스 간에 오랜 전쟁이 계속되면서 프랑스에 유학 갔던 학생들이 돌아와 옥스퍼드에 자리 잡으면서 학생들과 주민들 간에 반목이 심해지기 시작했다. 급기야 학생들이 한 주민을 살해, 학생들의 처벌을 둘러싸고 학생들은 학생들대로, 또 교수들까지 양쪽으로 갈라져 대학은 깊은 수렁에 빠졌다. 여기다 종교적 언쟁까지 겹쳐 불만을 품은 일부 교수들이 옥스퍼드를 떠나서 새롭게 둥지를 튼 곳이 캠브리지 대학이라고 한다.

　옥스퍼드와 캠브리지의 이야기는 미국 하버드 대학으로 이어진다. 미국 대학의 명문 하버드 대학교 교정에는 그 대학 설립자라고 알려져 있는 존 하버드의 동상이 있는데 그는 장서와 재산의 상당 부분을 목회자를 육성하기 위한 신설대학에 기증했다. 이것이 381년 전인 1636년에 설립된 하버드 대학의 시초이며 미국 최초의 대학이기도 하다. 존 하버드는 영국인으로 미국으로 이민을 왔는데 그는 원래 캠브리지 대학 출신이었다. 그래서 당초 하버드 대학은 보스턴의 근교인 '뉴타운'이라는 곳에 있었는데 그 지명도 캠브리지로 바뀌면서 현재 하버드 대학은 그곳에 있다.

영국이 잉글랜드, 웨일스, 스코틀랜드로 되어 있는 것은 우리가 모두 알고 있고, 영어로는 United Kingdom이나 Great Britain으로 알고 있었는데 United Kingdom of Great Britain and Nothern Ireland가 풀네임이라는 여행 인솔자의 말은 좀 의외였으나 북아일랜드가 영국령이라는 것을 생각해보니 이해가 갔다.

영국의 인구는 얼마나 되나? 프랑스, 이태리처럼 6,000만이 조금 넘는 것으로만 추측할 수 있었을 뿐 여행 전에는 각 지역의 인구수는 물론 정확한 통계를 알고 있지 못했다. 영국의 인구는 2011년 기준 약 6,310만에 달한다. 지역별로 보면 스코틀랜드는 약 530만, 웨일스는 약 300만, 북아일랜드는 약 180만, 잉글랜드는 무려 약 5,300만이나 된다. 영국의 인구가 잉글랜드에 이렇게 많이 몰려 있는지를 예전에는 정말 몰랐다.

영국에서 어떤 사회적인 이슈를 놓고 국민투표를 하면 잉글랜드에 사는 영국인들이 어떤 입장이나 태도를 취하는가에 따라서 결정될 것임은 분명하다. 영국의 유럽연합 탈퇴(British withdrawal from the European Union)을 뜻하는 Brexit의 경우도 2016년 2월 스코틀랜드가 잔류에 찬성했더라도 잉글랜드에서의 투표결과가 영국의 탈퇴 결정에 결정적인 영향을 미쳤을 것으로 본다.

앞에서 2011년 영국의 인구 자료를 봤지만 아주 최근의 유엔 통계에 따른 수치에 의하면 2017년 5월 5일 기준, 영국의 인구는 약 6,547만 6천여 명에 이른다. 인구 감소를 걱정하는 우리의 사정과는 달라서 조금씩 늘고 있는 추세다. 정말 한국의 인구감소 추세가 걱정스럽다.

셰익스피어의 생가가 있는
스트랫포드 어폰 에이번

 런던의 인구는 약 760만, 15만의 조그만 대학도시인 옥스퍼드를 떠나서 이제 윌리엄 셰익스피어(William Shakespeare)의 생가가 있는 인구 12만의 스트랫포드 어폰 에이번(Stratford Upon Avon)의 평화로움과 조용함을 맞이할 때가 되었다. 셰익스피어의 생가는 런던에서 북서쪽으로 약 2시간, 옥스퍼드에서는 1시간 걸리는 곳에 있다.

 윌리엄 셰익스피어(1564-1616) 하면 영국의 국민시인을 넘어서 인간성에 대한 통찰력을 바탕으로 창의적인 작품을 많이 남겼으며 그 재능의 깊이를 헤아릴 수 없는 역사상 가장 위대한 극작가라는 것을 우리는 알고 있다. 특히 〈햄릿〉, 〈리어 왕〉, 〈오셀로〉, 〈맥베스〉와 같은 4대 비극 이외에 주옥같은 셰익스피어 작품을 한두 개씩 접해보지 않은 사람은 없을 것이다. 그리고 전 세계 각 나라의 극장가에서는 지금도 그의 작품이 영화나 연극으로 끊임없이 공연되고 있는 것을 우리는 알고 있다.

 윌리엄 셰익스피어는 튜더 왕조(Tudor dynasty) 시대에 태어나서 활동했던 극작가이지만 그가 태어날 당시만 해도 그 시대를 뛰어넘어 시공을 초월해서 전 세계 사람들에게 회자되는 인물이 될 줄은 아무도 몰랐다. 영국에서 튜더 왕조는 1485년부터 1603년에 걸쳐 있었으며 그 마지막 군주가 그 유명한 엘리자베스 I세이다. 현재의 여왕인 엘리자베스 II세와는 가문이 다른 것으로 알려져 있다.

▲ 셰익스피어 생가를 들어가 볼 수 있는 표를 파는 셰익스피어 센터
▼ 스트랫포드 어폰 에이번에 있는 셰익스피어 생가의 전면

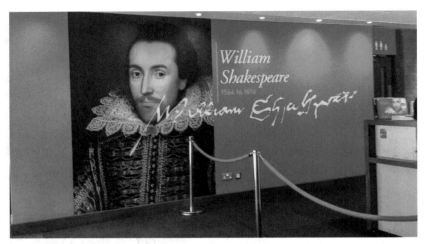

▲ 셰익스피어 생가 입장료 매표소

엘리자베스 I세 여왕의 시대는 절대왕조의 시대이며 '영문학의 황금시
대'라고도 불리는 까닭은 바로 셰익스피어가 그 시대에 태어나서 문학의
꽃을 활짝 피우게 하는데 크게 기여했기 때문임은 말할 필요도 없다.

튜더 왕조의 마지막 통치자인 엘리자베스 I세 여왕은 헨리 VIII세와 앤
불린 사이에서 태어났다. 영국의 역대 왕 중 가장 바람을 많이 피운 헨
리 VIII세와 앤 불린과 메리 불린 자매의 스캔들은 그동안 연극, 소설, 영
화, 드라마, 특히 〈천일의 앤(1969)〉과 〈천일의 스캔들(2008)〉을 통해 많이
알려졌다.

먼저 동생인 메리 불린과 정사를 벌인 후, 언니인 앤 불린에게 적극적
으로 다가간 헨리 VIII세에게는 당시 에스파냐의 공주였던 아라곤의 캐서
린 왕비가 있었다. 그녀는 헨리 VIII세보다 6세 연상의 여인으로 죽은 형
의 부인이었다. 말하자면 헨리 VIII세는 형수와 결혼했으며 둘 사이에는
슬하에 메리라는 딸이 이미 있었다.

앤 불린 자매는 캐서린 왕비의 시녀로 있다가 결국 헨리 Ⅷ세의 눈에 띄어 자매가 스캔들에 휘말리는 상황이 벌어졌고 앤 불린은 처음에는 왕의 구애를 거절, 런던 남부의 히버성으로 돌아가 있었는데 왕은 이곳까지 찾아가 결국 앤 불린으로부터 결혼 승낙을 받아냈다. 아들에 집착한 헨리 Ⅷ세는 앤 불린이 아들을 낳아주기를 원하면서 그녀를 다시 왕비로 맞았다. 따라서 교황청에 캐서린 왕비와의 이혼을 승낙해줄 것을 요청했으나 거절당하자 1534년 헨리 Ⅷ세는 국왕은 영국교회의 최고 수장이라는 수장령(首長令)을 선언, 성공회를 영국 국교로 탄생시켰다. 교황청은 헨리 Ⅷ세를 파문했고, 앤 불린과의 결혼은 결국 종교개혁으로까지 이어졌다.

어렵게 이루어진 헨리 Ⅷ세와 앤 불린의 이야기가 여기서 끝난 것이 아니고 오히려 시작이라는 느낌을 준 것은 그들의 결혼생활이 1,000일 만에 막을 내리고, 더욱 충격적인 것은 앤 불린이 간통과 근친상간의 누명을 쓰고 참수를 당했기 때문이다. 그녀의 친오빠인 조지 불린이 그녀의 방에 세 시간 있었다는 그 이유 하나만으로, 그를 비롯한 다섯 명의 사내가 대부분 누명을 쓰고 모두 단두대의 이슬로 사라졌다. 사태가 이렇게까지 된 데에는 그녀의 고집스러움과 도도함도 일조했는지 모른다. 여하튼 모두가 헨리 Ⅷ세가 짠 각본대로 이루어졌다.

헨리 Ⅷ세는 앤 불린이 아들도 못 낳고 또 딸만 안겨주자 애정이 식기 시작했으며, 그의 여성 편력은 궁정 시녀인 제인 시모어로 이어졌고, 그녀로부터 아들을 얻었으나 그마저 일찍 죽었다. 헨리 Ⅷ세는 생전에 여섯 명의 여인을 왕비로 맞았다. 튜더 시대에 살았던 셰익스피어는 이런 궁정 이야기에 어떤 반응을 보였고 그의 작품이 어떤 영향을 받았는지 자못 궁금하다.

더구나 앤 불린은 런던탑에 갇혀 있으면서 재판을 공정하게 해줄 것과 다른 사람들이 다치지 않게 해달라고 간곡하게 부탁하면서 "런던탑의 슬픔에 잠긴 감옥에서 폐하에게 그지없이 충실하고 항상 성실했던 아내, 앤 불린"이라고 썼다니 애처롭기 짝이 없다는 생각이 든다. 그렇게 좋아서 따라다니다가 정이 떨어졌다고 유폐도 모자라 왕비를 처형해 버리는 헨리 Ⅷ세야말로 가히 연구 대상의 인물이라고 아니할 수 없다.

세익스피어의 가계도에서 보듯이 그는 1582년 앤 해서웨이와 결혼해서 세 자녀를 두었다. 그런데 남자들이 단명한 것이 눈에 띄며 외손녀들이 결혼했으나 자녀들이 없거나 남자들은 20대도 못 채우고 모두 죽어서 자손들이 오래 이어지지는 못했다. 8남매를 둔 세익스피어의 아버지는 생가죽으로 가죽제품을 만들어 팔았는데 특히 장갑을 전문적으로 만들어 팔았다고 한다.

당시에 이 직업은 유망한 직종이었다고 하는데 그 까닭은 귀족들이 비싼 값으로 주문을 의뢰했기 때문이다. 그리고 생가가 큰 이유도 아버지의 작업실은 물론 가게도 1층에 있었기 때문이라고 한다. 1층에는 또한 식당이 있었는데 자녀가 많고 집안도 비교적 여유가 있어서 그런지 안정된 인상을 주었다.

식당을 소개하는 표지판에 의하면 세익스피어는 아침 6시에 학교에 가고 점심을 먹으러 집에 온다고 했으며, 가족의 주된 식사(main meal)는 아침 11시경에 이루어진다고 했는데 두서너 가지는 이해하기 어려웠다. 우선 아이가 학교 가는 시간이 너무 이르고 가족들의 아침 식사가 너무 늦다는 점이다.

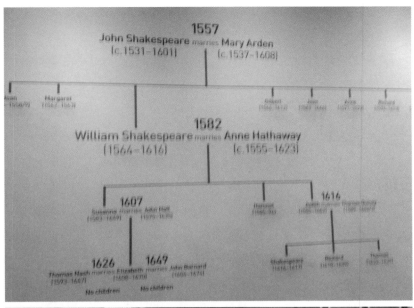

▲ 윌리엄 셰익스피어의 부모와 후손들을 보여주는 가계도
▼ 풍성한 느낌을 주는 셰익스피어 가족의 식탁

튜더 시대 소도시의 여유로움 때문일까? 아니면 이때 벌써 조반 겸 점심을 먹는 브런치(brunch)가 유행해서일까 여하튼 더 자세한 설명이 없어서 궁금증만 더욱 일으킬 뿐이었다. 튜더 시대에는 사회계급에 따라 음식과 의복이 윤리규제법(sumptuary laws)의 제한을 받는다고 했는데 셰익스피어 가정처럼 중산층의 식탁에는 빵, 파이, 스프, 생선과 고기 등이 오르는데 일주일 중 금식일과 고기를 금하는 요일도 있다고 했다.

셰익스피어는 2층에 있는 방에서 태어났는데 처음에는 요람(cradle)에, 그리고 다섯 살 때까지는 부모와 한방에 있으면서, 사용할 때면 주 침대 밑에서 끌어내는 바퀴 달린 조그만 침대(truckle bed)를 썼다고 한다. 셰익스피어 생가를 보고 나오면 정원에서 셰익스피어 작품의 일부를 실연하는 배우를 만나게 되는데 그가 남긴 주옥같은 대사를 듣는 것도 또 다른 체험이다.

▲ 가죽 제품 작업실에서 휴식을 취하는 여인을 재현해 놓았다.

〈햄릿〉에 나오는 "To be or not to be, that is the question(사느냐 죽느냐 그것이 문제로다)."와 같은 유명한 대사는 인류역사상 한 작가가 내놓은 대사치고는 가장 많이 회자된 말일 것이다. 어디 이뿐인가? 그가 남긴 유려한 언어와 무수한 명문장들은 현대영어를 재탄생시키는데 크게 기여했음은 이론의 여지가 없다. 그의 유해는 성 트리니티 교회에 아내와 딸과 함께 안치되어 있다.

셰익스피어의 생가인 스트랫포드 어폰 에이번에는 또 하나의 유명인사 생가가 있는데 그는 다름 아닌 미국의 하버드 대학교를 설립한 존 하버드이다. 매년 약 550만 명의 관광객이 스트랫포드 어폰 에이번을 찾는다고 하는데 아무래도 인류 역사상 셰익스피어가 차지하는 위치 때문에 대부분의 관광객들은 하버드의 생가를 못 보고 가거나, 봤더라도 그냥 스쳐지나가는 정도에 그치리라.

◀ 연극을 실연하는 배우
▶ 하버드의 생가 위에 있는 성조기

그래도 하버드 대학교와 인연이 있는 사람들은 그의 생가를 보고 감회가 깊었을 것이다. 그의 생가 위에는 성조기가 걸려 있는데 평소에는 깃발이 펄럭인다고 했는데 우리가 지나갔을 때에는 사진에서 보는 것처럼 말려 있어서 뚜렷한 모습을 볼 수가 없었다.

스트랫포드 어폰 에이번을 떠나기 전에 엘리자베스 여왕에 대해 조금 더 설명해야 될 것 같다. 엘리자베스 I세는 헨리 Ⅷ세와 캐서린 첫째 왕비의 소생인 메리 I세의 뒤를 이어 왕위에 올랐다. 그런데 생모가 스페인 공주이었으며 자신도 가톨릭교도였던 메리 I세는 가톨릭을 복원하기 위해 프로테스탄트를 무자비하게 박해함으로써 '피투성이의 메리(bloody Mary)'라는 별칭까지 얻었다.

이처럼 메리 여왕의 통치기간 중에는 탄압, 음모, 반란이 그치지 않았다. 이 과정에서 이복인 엘리자베스도 감옥에 갇히는 등 여러 차례 수난을 겪었지만 언제나 침착과 냉정을 유지해서 이를 잘 극복, 여왕에 오른 후 해가 지지 않는 대영제국의 기틀을 다지는데 크게 기여했으며 결국 국민으로부터 가장 사랑받는 여왕이 되었다.

다만 딸이라는 이유 때문에 헨리 Ⅷ세의 사랑을 충분히 받지 못하고 자란 그녀가 아들이 왕위를 이어받아 잉글랜드를 강국으로 만들기를 간절히 바랐던 아버지의 소망을 이룩해 낸 것은 커다란 아이러니라고 할 수 있다. 또한 영국 역사에서 우뚝 선 엘리자베스 I세의 성공은 어머니의 간절한 소원과 기대에도 부응했다.

당초에는 단두대에 서기로 순순히 응했지만 자신의 목이 가늘다고 막판에 참수를 원했던 앤 불린은 "나는 단두대에서 사라지지만 내 딸은 훗날 존경과 사랑을 받는 여왕이 될 것이다."라는 말을 남겼는데 그대로 된 셈이다. 목이 떨어지면서 눈과 입술이 움직였다고 하는데 한마디로 목불인견의 참상이 아니었을까?

잉글랜드 의회가 청원 형식으로 엘리자베스 여왕에게 결혼을 요구하는 결의문을 통과시키자 어학과 문학에 뛰어난 재능을 가진 그녀는 "나는 이미 한 남편에게 매여 있는데 그분은 잉글랜드 왕국입니다(I am already bound unto a husband, which is the kingdom of England)."라고 화답했다. 그리고 결혼 이야기만 나오면 스스로 자신을 처녀 여왕(Virgin Queen)으로 불렀던 엘리자베스 I세는 "나는 국가와 결혼했다"는 말을 남김으로써 후세에 또 하나의 명언을 남겼다.

국립공원 옆에 자리 잡은
호반의 도시 윈더미어

　우리의 다음 일정은 윈더미어(Windermere)이다. 리버풀에서 두 시간 이동해서 40분간 유람선을 타고 아름다운 호수와 산자락을 관광하는 것으로 되어 있다. 영국에서 제일 큰 호수인 윈더미어 호수는 호수 지역(Lake districts)에 있는데 호수 지역은 윈더미어를 비롯한 16개의 호수와 대여섯 개의 저수지, 180여 개의 산으로 되어 있는 국립공원이다.

　또 윈더미어 호수 옆에는 윈더미어라는 조그만 도시가 있다. 우리 일행은 보네스 선착장에서 출발해서 40분 동안 호수 위를 달리면서 주위 풍경들을 구경한 후 앰블사이드 선착장에 도착했다. 보네스 선착장에서 평화롭게 떠도는 백조도 볼만했지만, 호수 주변의 산야도 정말 아름다웠다. 영국 북서부 관광지의 유람은 그렇게 끝났고 다시 버스에 올라 그라스미어(Grasmere)로 향했다.

▲ 왼쪽에 보네스 선착장, 유람선과 나룻배 모두 여유로워 보인다.
▼ 산자락에 있는 건물과 작은 집들도 평화스러워 보인다.

▲ 선착장 주위를 떠도는 백조의 무리

워즈워스가 시를 읊었던
그라스미어

　영국의 계관(桂冠)시인이었던 윌리엄 워즈워스(William Words-worth, 1770-1850)는 콜리지(Coleridge), 스콧(Scott) 등과 함께 영국을 대표하는 낭만주의파 시인이다. 계관시인이란 영국왕실에서 뛰어난 시인에게 주는 칭호였다. 유럽에 계몽주의라는 지적 바람이 불면서 예술과 문학에도 낭만주의가 일어나기 시작했다. 계몽주의 시대가 열리면서 중세의 암흑 시대를 벗어나 왕권이나 교권보다 개인의 존엄성을 중요하게 생각하는 풍조가 유럽에 널리 퍼졌다.

　낭만주의 역시 개인의 자아, 개성, 감성을 중히 여기면서 예술에서 상상력을 한껏 펼치는 흐름을 강조한다. 워즈워스는 이 흐름에서 자연을 대상으로 시를 많이 읊은 것이 눈에 띈다. 시의 제목만 봐도 그렇다. '수선화(The Daffodils)', '외로운 수확자(The Solitary Reaper)', '무지개(Rainbow)', '초원의 빛(Splendour in the Grass)' 등 모두 자연을 노래했다.

　워즈워스는 다섯 자녀 중 둘째로 태어나 여덟 살에 어머니를 여의고, 열세 살에 아버지마저 잃어 자연을 벗 삼아 외로움을 달랬다. 캠브리지대학 출신인 워즈워스는 프랑스를 여행하다 아네트 발롱이라는 여인을 만나 사랑을 나누고 딸 케로린까지 낳았다.

　두 연인은 결혼을 약속하고 헤어졌으나 영국과 프랑스의 관계 악화 등으로 만나지 못하다가 아네트 발롱이 이미 결혼했다는 사실을 알고 딸만 만난 후 동행한 여동생 도로시와 함께 귀국했다. 원래 도로시는 워즈워스의 집안 형편이 어려워지자 남매들이 뿔뿔이 헤어진 후 나중에 오빠와 같이 살게 되었다.

독신으로 일생을 보낸 도로시는 오빠와 시에 관한 감성을 서로 나누기도 했지만 오빠에 관한 것이면 무엇이든지 챙겼다고 한다. 워즈워스는 원두커피를 좋아했다고 하는데 그 당시 그 커피는 무척 비싸기도 하고 또 멀리 가서야 구해 올 수가 있었다. 그런데도 도로시는 자신이 일해서라도 원두커피를 챙겨주는 것에 조금도 괘념치 않았다고 한다.

▲ 워즈워스가 주옥같은 많은 시를 남겼던 비둘기 오두막집(Dove Cottage)
◀ 워즈워스의 모습
▶ 워즈워스가 쓰던 가방

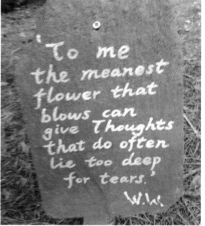

사람의 눈으로부터 반쯤 가려진 채 이끼 낀 돌 옆에 핀 오랑캐꽃 하늘에
반짝반짝 빛날 때의 단 하나의 별처럼 아름답기 그지없네.
- W.W.

바람에 흩날리는 하찮은 꽃일지라도 눈물을 흘릴 수 있을 정도로 아주 깊
이 묻혀 있는 여러 가지 생각들을 나에게 줄 수 있다네.
- W.W.

이런저런 기부와 친구들의 도움으로 워즈워스는 평화스럽고 조용한 글
라스미어에 비둘기 오두막집을 마련했고, 도로시의 친구인 메리 허친슨
과 결혼, 네 자녀를 두었으나 둘은 어려서 죽었다. 또 도로시는 말년에
치매에 걸렸으나 워즈워스의 아내인 허친슨은 그녀를 끝까지 돌봤다고
한다.

워즈워스 일가는 '비둘기 오두막집'에서 9년만 살고 그곳에서 5km 떨어
진 라이덜 마운트로 이사해서 거기서 워즈워스는 말년을 보냈다. 사람들
에게 많이 회자되는 '무지개'를 여기 소개한다.

The Rainbow

My heart leaps up when I behold
a rainbow in the sky; So was it
when my life began; So is it now
I am a man; So be it when I shall
grow old, Or let me die! The child
is father of the man; And I could
wish my days to be bound each to
each by natural piety!
Wordsworth

무지개

하늘에 있는 무지개를 보면 내 가슴은
뛰네. 내 생명이 시작된 그 때에도
그랬고, 어른이 된 지금도 그러하네.
나이 들어서도 그럴진대 그렇지 않다면
차라리 죽게 해다오! 어린이는 어른의
아버지, 그래서 바라건대 자연의 경건함
으로 나의 하루하루가 매여 있으면
좋으련만!
워즈워스

▲ Dove Cottage 뒤에 있는 정원

비둘기 오두막집(Dove Cottage) 뒤편에는 아름다운 정원이 있으며 비록 짧은 기간이었지만 이곳에서 주옥같은 시들을 많이 남겼다. 사진에서 보는 것처럼 시 구절이 돌조각처럼 생긴 판 위에 씌어 있는데 그것들도 집 뒤편 정원 풀밭에 세워져 있었다. 시에 관한 영감을 나누었던 남매는 이 정원도 함께 만들어 토종 식물과 야생화로 채웠다.

두 남매에게 이 정원은 영감의 원천이었으며, 워즈워스가 "규칙은 간단한데… 자연의 정신으로, 보이지 않은 예술의 손으로 계속 작품 활동을 할 수 있는 것"이라고 가르쳐 준 것도 이 정원을 배경으로 나왔다. 글라스미어에서 태어나 사후 다시 그곳으로 돌아와 세인트 오스왈즈(St. Oswald's) 교회에 묻힌 워즈워스는 1843년 영국 왕실로부터 최고 영예인 계관시인의 칭호를 부여받았다.

타이타닉호의
기념정원이 있는 벨파스트

　벨파스트의 아침 하늘은 곧 비가 올 듯 잔뜩 찌푸리고 있었다. 아니나 다를까 벨파스트 시청으로 가는 도중에 비를 만나 우리 일행은 우비를 입거나 우산을 꺼내 들었다. 비가 내려도 벨파스트의 시청을 꼭 보아야 한다는 데에는 무슨 이유가 있는 것 같았다. 과연 청사 내부는 아름다웠다.

▲ 벨파스트 시청 건물의 정면 모습

▲ 벨파스트 시청의 아름다운 모습
◀ ● 착색유리인 스테인드글라스(stained glass)도 아름다웠다.
▶ 착색유리에 그려진 기사의 모습

북아일랜드의 수도인 '벨파스트'라고 하면 IRA(Irish Republican Army)의 무시무시한 테러만 생각했는데 이렇게 아름다운 시청 건물을 가지고 있을 줄은 몰랐다. 현지에서 나온 한국인 여자 인턴들은 "벨파스, 벨파스" 하면서 마지막 '트' 자를 발음하지 않았다. 벨파스트의 인구는 영국 본토의 대도시 인구에 못지않았고 시 인구만 2014년 기준 약 53만이다.

시청에서 밖으로 나오니 아직도 부슬비가 내리고 있었는데 시청 건물 옆에는 한국전 전사자들을 위한 추모 기념비가 있었다. 기념비에는 '한국에서 그들의 생명을 바친 왕실 얼스터 소총부대 제1 대대 장병들을 추모하며'라고 새겨져 있었다.

▶ 한국전 전사자 추모 기념비

이것만이 아니었다. 나는 북아일랜드 벨파스트에 오기 전까지는 여기가 바로 그 유명한 타이타닉호의 본산임을 꿈에도 생각해본 적이 없었다. 세계적으로 유명한 타이타닉호가 아일랜드 남쪽에서 출발한 것은 어렴풋이 알고 있었지만 비극의 출발이 벨파스트에서 시작된 줄은 몰랐다.

타이타닉호는 우리 모두 알고 있듯이 1912년 4월 New York을 향하여 처녀항해 도중 Newfoundland 남방에서 빙산과 충돌, 침몰한 영국의 호화 여객선이다. 시청 옆에 있는 기념물에는 "타이타닉 추모 기념 정원은 1912년 4월 타이타닉호가 처녀항해 도중 북대서양에서 빙산에 부딪혀 침몰했을 때 죽은 1,500여 명의 승객과 승무원에 대한 영원한 증정물"이라고 쓰여 있었다.

비문에 적혀 있는 사고경위를 그대로 옮겨보면 다음과 같다.

▲ 사고 경위 등을 설명하고 있는 타이타닉 추모 기념 정원 표지판

1912년 4월 10일 타이타닉호가 사우스앰프턴(Southampton)을 출발할 때만
해도 이 배는 그때까지 지어진 배 중에서 가장 크고 사치스런 배였다. 타
이타닉호는 그날 초저녁쯤 셰르브르(Cherbourg, 프랑스 서북단에 있는 항구)에
닻을 내리고 승객을 더 태웠다. 90분 후 타이타닉호는 아일랜드 남쪽 해
안에 있는 퀸스타운을 향해 떠났고, 그곳에서 4월 11일 오후 1시 30분에
뉴욕(New York)을 향해 출발했다.

타이타닉호는 4월 14일 저녁, 배의 위치에서 남쪽으로 5마일 지점에 빙
산이 있다는 최초의 경고를 접수할 때만 해도 1,500마일을 순항하고 있
었다. 밤 11시 39분 갑자기 앞에 나타난 빙산을 발견했지만, 그때는 이미
피할 수 없었다. 11시 40분경 빙산이 수면 밑 타이타닉호의 선체를 긁으
면서 여러 곳에 부딪히자 6개 구획실로 처음 물이 흘러들어 오면서 배는
치명적인 손상을 입었다.

방수문들을 재빨리 닫았지만 배의 설계자인 토마스 앤드류(Thomas Andrews)는 배가 2시간 이내에 침몰할 수 있다고 추정했다. 그리고 스미스(Smith) 선장은 구명보트를 내리라고 명령했다. 구조요청을 위한 최초의 무선 메시지가 전달된 때는 자정 직후였다. 밤 12시 25분쯤 승객들은 구명보트로 인도되었고, 30분 뒤에는 최초의 구명보트가 차디찬 얼음물 위로 내려졌다.

조난신호의 불꽃이 공중을 밝혔고 여자들과 어린아이들을 먼저 태우려는 노력이 필사적으로 이루어지면서 구명보트에 사람들을 태우느라 북새통이 되었다. 새벽 2시쯤 악대가 연주를 멈추었다. 생존자인 윌리엄 머독(William Murdoch)은 배의 앞머리가 물속으로 미끄러져 들어가자 악대는 "나의 주님, 당신께 더 가까이(Nearer My God To Thee)"라는 마지막 찬송가를 연주하는 것을 분명히 들었다고 했다. 새벽 2시 20분쯤 타이타닉호는 파도 속으로 완전히 가라앉았다.

재난이 있고 그다음 일요일, 여러 곳의 지역 교회에서 수천 명이 추모예배에 참석했다. 세인트 앤느 성당(St. Anne's Cathedral)에서는 "나의 주님, 당신께 더 가까이"라는 찬송가가 불리는 가운데 비극을 맞은 미망인들과 고아들을 위해 기부금이 걷혔다. 배를 건조한 회사인 Harland & Wolff의 수석 디자이너이었고 그 재앙 속에서 죽었으며, 존경을 많이 받았던 토마스 앤드류의 고향인 콤버(Comber)에 있는 유일신 교회(The Unitarian Church)에서는 덩컬리 목사(Rev. Dunkerly)가 '사람이 자기 친구를 위하여 목숨을 내놓는 것보다 더 큰 사랑은 없다(요한복음 15장 13절).'는 성경 말씀을 설교로 택했다.

타이타닉호에 관한 설명은 다음과 같다.

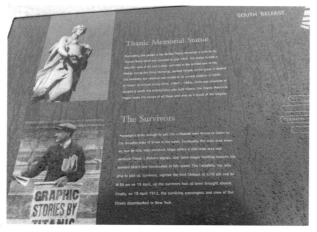

▲ 타이타닉 기념 동상과 생존자들에 관한 설명을 담은 표지판

도대체 왜 그 시대에 가장 크면서 가장 발달된 배가 침몰할 수 있었는가? 일부 사람들은 스미스 선장에게 잘못이 있으며 승무원들과 다른 배들로부터 받은 빙산에 관한 경고를 그가 무시했다고 주장하고 있다. 또 다른 사람들은 배의 건조 회사인 Harland & Wolff를 탓하면서 배의 건조에 사용했던 대갈못(박은 다음 구부리는 못)들이 표준 이하의 강철로 만들어졌다고 주장한다. 또한 White Star Line이라는 배의 전무이사인 Bruce Ismay가 스미스 선장에게 계속 배의 속도를 유지하라고 압력을 가했는지도 모른다는 추정도 있다. 원인이 무엇이었든지 간에 지금 타이타닉호는 수심이 12,000피트나 되는 대서양 밑바닥에 놓여 있으며 그 파편들은 바다 밑바닥에 5마일 이상이나 흩어져 있고, 뱃머리와 배의 후미는 거의 2,000피트 이상 떨어져 있다.

희생자들에 관한 설명은 다음과 같다.

▲ 배와 죽은 사람들에 대한 설명이 있는 표지판

타이타닉의 20개 구명보트는 전체 승객과 승무원 중 겨우 반을 태울 수
있는 공간을 줄 수 있을 뿐이었다. 그 배에는 3,500개의 구명대와 48개
의 구명 고리가 있었지만 얼음물에서는 이것들이 모두 소용없었다. 물속
으로 들어간 승객들 중 대부분은 익사한 것이 아니라 북대서양의 차디찬
얼음물 속에서 저체온증을 이기지 못해 동사했다. 희생자들 중에는 691
명의 승무원과 함께 토마스 앤드류와 스미스 선장도 있었다. 1등실 승객
중 죽은 사람은 124명이고 2등실 승객은 166명이 죽었으며, 그리고 3등
실 승객 수는 무려 530명이나 죽어 유난히 과하게 많았다.

▲ 1,511명의 희생자 명단이 추모정원에 비에 젖은 채 안치되어 있다.

  * 정확한 희생자 수는 1,511명이고 기념정원 비문에도 over 1,500
  passengers and crew라고 되어 있어 희생자 수가 1,500명을 조금 넘고 있
  음을 시사하고 있다.

타이타닉 기념 동상에 관한 설명이다.

  1920년 6월에 베일을 벗은 토마스 브락(Thomas Brock)의 작품인 벨파스
  트 타이타닉 기념물이 정원을 내려다보고 있다. 이 동상은 아름다운 예
  술작품인 동시에 끔찍한 생명의 손실을 있는 그대로 적나라하게 상기시
  켜주고 있다. 근처에는 피리에(Pirrie) 기념물도 있는데 이 기념물은 처음
  에는 벨파스트시 묘역에 있던 그의 무덤에 세워져 있었는데 윌리엄 J. 피
  리에(William J. Pirrie 1847~1924)에게 경의를 표하기 위해, 복원되어 2006
  년에 현재의 위치로 이전되었다. 피리에는 타이타닉을 만든 조선회사인
  Harland & Wolff의 회장이었다. 타이타닉 기념명판은 그 비극의 결과로
  죽은 사람들의 이름을 모두 담고 있다.

생존자들에 관한 설명이다.

운이 좋게 구명보트로 들어온 사람들은 물속에 빠진 사람들의 무서운 울부짖음을 듣지 않을 수 없었다. 결국 그런 울부짖음은 하나씩 하나씩 그들이 사라지면서 잦아들었다. 당시 200마일 이내에 있었던 배들은 타이타닉호의 구조신호를 받았고 그중 몇몇 배들은 운이 다한 타이타닉호의 마지막 좌표를 향하여 전속력으로 달리기 시작했다. 생존자들을 구해낸 유일한 배인 카르파티아(Carpathia)호는 새벽 4시 10분에 최초의 구명보트를 발견했고, 4월 15일 오전 8시 30분까지는 생존자 모두는 승선을 완료했다. 드디어 1912년 4월 18일 타이타닉호의 승객과 승무원 생존자 전원은 뉴욕에 도착했다.

타이타닉호에 관한 이야기는 여기까지다. 100여 년 전에 일어난 일을 다시 자세하게 설명하는 까닭은 바로 이곳에서 배가 만들어졌고 영령들을 위로하는 추모 정원이 마련된 데다 한국에서도 최근 수년 전에 '세월호'라는 큰 비극이 일어났기 때문이다. 버스를 타고 다음 목적지로 향하는데 우리의 안내원이 차창 너머 먼 곳을 가리키면서 그곳에서 타이타닉호가 만들어졌다고 했는데 세계 어디서나 이런 참사가 다시는 일어나지 않기를 빌 뿐이었다. 불행히도 이 책의 마지막 교정을 보고 있는 동안에도 헝가리의 다뉴브강에서 유람선과 대형선박의 충돌로 26명의 한국인 관광객이 희생되었다. 참으로 애석하고 안타까운 일이 아닐 수 없다.

비는 그쳤으나 아직도 햇빛은 안 나오고 쌀쌀하기까지 한데 다음 목적지는 〈왕좌의 게임〉 촬영지라고 하는데 이름도 생소하고 일정표에는 소개하는 글이 없고 설명도 없어서 도무지 감을 잡을 수 없었다. 그런데

Dark Hedges라는 명칭의 목적지에 도착해보니 기묘한 나무 모양이 절묘해서 관광객들의 눈길을 끌만 하였다.

　바람이 무척 쌀쌀했지만 나무 터널(tree tunnels)이 끝나고 호텔이 있는 곳까지 갔다가 버스가 정차해 있는 곳으로 돌아왔다. 아일랜드 전체 국토의 1|6에 지나지 않는 북아일랜드, 의외로 볼 것이 많다는 생각이 들었다.

▲ 오페라 하우스가 보이는
　비가 온 후의 벨파스트
　거리
◀ 터널 모양의 나무들
● 너도밤나무의 우람한
　모습

▲ 작은 돌기둥으로 이루어진 동산을 관광객들이 올라가고 있다.
▼ 육각형의 돌들이 사람이 놓은 것처럼 해안선을 따라 놓여 있다.

이제 북아일랜드 지역 중 유일하게 유네스코 세계유산으로 등재된 자이언트 코즈웨이(Giant Causeway)로 떠날 때가 되었다. 자이언트 코즈웨이를 여행 일정표에 소개된 그대로 여기에 옮겨 놓으면 다음과 같다.

'파마콜이라는 거인이 바다 건너에 사는 적을 무찌르러 가기 위해 만든 길'이라 하여 자이언트 코즈웨이라고 했다는데, 그곳이 있는 해안 이름도 똑같이 자이언트 코즈웨이다.

무수히 많은 육각형의 돌기둥들이 밀려오는 파도를 가로막듯이 빈틈없이 늘어서 있는데 이 돌기둥들은 하나하나가 벌집처럼 매우 규칙적으로 늘어져 있어서 꼭 사람이 만들어 놓은 것처럼 보인다고 한다.

그동안 이 조그만 영국령 북아일랜드를 돌아보느라 이곳이 안고 있는 갈등과 분란의 역사를 돌아볼 틈이 없었는데 자이언트 코즈웨이를 보러 가면서 이 지역의 과거를 돌아보기로 하자. 다만 북아일랜드의 위치 때문에 영국과 완전히 별개의 국가인 아일랜드의 역사까지 거론하는 것은 불가피하다. 아일랜드섬은 예로부터 Ulster, Munster, Leinster, Connaught의 4개 주였다. 갈등의 씨앗은 1921년에 아일랜드가 영국으로부터 독립하는 과정에서 뿌려졌다.

북부 Ulster 지방을 구성하는 9개 현 중에서 개신교 주민이 과반수를 점하는 6개 현을 영국에게 빼앗겼기 때문이다. 이후 아일랜드는 남과 북으로 분열되어 남쪽은 완전히 별개의 독립국이 되었고, 북쪽은 영국령으로 각각 다른 길을 걸어왔다. 지금도 아일랜드 헌법에 의하면 섬 전체가 아일랜드 국토로 명기 되어 있다.

갈등의 씨앗이 뿌려진 이상 그것이 점점 자라나는 것이 인간 세상의 일이다. 남쪽의 아일랜드는 인구의 대다수가 가톨릭이지만 북아일랜드에서는 인구의 1|3 정도만 가톨릭교도이고 나머지는 장로교파와 영국 국교회를 주축으로 하는 개신교도들이다.

자연히 북아일랜드에 사는 민족주의자들과 가톨릭교도들을 한쪽으로, 다른 한쪽은 개신교도들이 똘똘 뭉쳐 갈등은 무력 충돌로까지 이어졌다. 영국에 저항하기 위해 IRA(Irish Republican Army, 아일랜드 공화국군)의 무장활동이 한층 강화되었고 신교도들은 얼스터 민병대를 조직해서 이에 대항했다. 벨파스트에서도 구교 지역과 신교 지역이 나뉘어서 차별과 억압이 이루어졌다. 특히 벨파스트에 남아 있던 가톨릭교도들은 따로 공동체를 이루어 살고 있었으며 이들의 지역은 샨킬로드라고 불리었는데 이곳이 바로 IRA의 주요 활동무대가 되기도 했다.

　　물론 IRA의 테러 전술은 하루아침에 숙련된 것이 아니었다. 이전부터 무장봉기와 게릴라전으로 독립을 쟁취했으나 북부 얼스터 지방의 개신교도들은 북아일랜드가 영국령으로 남아 있기를 원했다. 아일랜드와 영국의 갈등은 아주 오래전인 12세기 전까지로 거슬러 올라간다. 여북했으면 일부 아일랜드인들 중에는 아일랜드가 미국처럼 영국으로부터 멀리 떨어져 있었으면 좋았을 것이라는 한탄을 자주 했다니 이는 많은 것을 우리들에게 시사한다.

　　심지어 현재 더블린에 살고 있으면서 우리 일행을 인도했던 가이드는 영국과 아일랜드 간의 관계는 마치 한·일 관계와 같다고 비유하는 것을 보니 강대국 옆에 위치해 있었던 아일랜드로서는 그동안 억울하고 서운했던 일이 한두 가지가 아니었던 것 같았다. 아일랜드와 영국 간의 복잡한 이야기는 다음 기회로 미루고 영국의 또 다른 작은 도시로 떠나야겠다. 그리고 벨파스트를 떠나기 전에 1870년대에 만들어진 벨파스트성을 보았는데 호수를 바라보면서 서 있던 성 역시 아름다웠다.

▲ 1870년대에 건축된 벨파스트성의 전경
▼ 저 멀리 호수를 바라볼 수 있는 곳에 위치해 있는 벨파스트성의 모습

아름다운 성곽도시인
웨일스의 콘위

웨일스 북부에 있는 콘위(Conwy)는 타운(town) 인구 자체는 2015년 기준 4,000여 명밖에 안 되지만 좀 더 넓은 카운티(County) 인구까지 치면 약 11만 6천여 명에 이른다. 콘위는 바닷가에 위치해 있어서 예전에는 어업이 성장했지만, 요즘에는 요트와 유람선 등이 많아서 오히려 해변관광업이 성장한 도시가 되었다. 웨일스는 11세기 말부터 잉글랜드의 지배를 받기 시작했으며 이곳의 지배자들은 잉글랜드 왕에게 충성을 보여야만 했다. 그리고 1536년과 1543년에 제정된 법에 따라서 웨일스는 잉글랜드에 통합되었다.

그런데 웨일스는 잉글랜드로부터 독립하려는 스코틀랜드의 움직임에 공감은 하면서도 웨일스인 자신들은 독립의지나 저항운동의 움직임은 보이지 않았다. 그렇다고 웨일스인들이 자신들의 문화를 포기하려고 한 것은 아니었으나 그들의 문화가 잉글랜드식으로 점점 변화해 나가는 것은 어쩔 수가 없었다.

▲ 외관만 봐서는 큰 성처럼 보이지 않았던 콘위성

▲ 콘위성에서 멀리 바다를 바라본 풍경이 아름답다.
▼ 관광도시라고 부를 정도로 성 위에서 본 마을이 아름답다.

콘위성은 몇 가지 점에서 의외의 모습을 보여 주었는데 첫째, 규모가 생각보다 큰 성이었다. 성을 관리하는 사무실을 통해 들어갔는데 규모가 상당히 큰데 놀랐다. 둘째, 콘위성은 에드워드 1세의 지시로 1283년 축성을 시작, 4년 후인 1287년 완공되었는데 그 이후 잘 보전된 몇 개의 성 중 하나이다. 셋째, 성 위에서 바라본 바다의 경치가 아름다운 점도 의외였다. 겉보기에 우중충한 돌로 지어져 있어서 큰 기대를 안 했지만, 해안가에 지은 성이라 주위 풍경이 아름다웠다.

앞에서 웨일스 사람들은 잉글랜드에 맞서 저항하지 않았다고 했는데 그 말을 취소해야 할 만큼 웨일스 사람들의 저항이 없었던 것은 아니다. 그 말은 스코틀랜드에 비해 상대적으로 반항이 강하지 않았다는 말일 뿐이다. 사람의 마음은 세상 어디에 사나 비슷하다고나 할까, 나라가 누란의 위기에 처하면 담대하고 용기 있는 지도자가 나오는 모양이다. 때로는 그런 지도자들 중에는 자신의 권력을 유지하기 위해서, 물질적인 부를 지키기 위해서, 또는 명예와 지위를 유지하기 위해서 용감하게 앞으로 나서는 사람들도 가끔 있기는 하지만 그 이유야 어떠하든 쉽지 않은 행동이다.

북웨일스 기네드(Gwynedd)의 영주이었던 리웰린(Llywelyn)은 영국의 에드워드 I세가 쳐들어오자 그에 맞서 분연히 일어났다. 에드워드 I세는 십자군 전쟁에서 돌아와 왕위에 오른 후 그때까지 자치를 누리던 웨일스의 영주들을 소환, 충성을 강요하고 항복을 요구했으나 리웰린은 단호하게 거부했다.

그는 리웰린 대왕(Llywelyn the Great)의 손자로 선대가 오랫동안 일궈놓은 땅을 그냥 내줄 수는 없었다. 1277년 에드워드 I세는 2만 명을 이끌고 콘위로 진군했다. 에드워드 I세는 왜 웨일스를 정복하려고 했는가? 서양의, 그것도 아주 오래전 왕의 마음을 헤아리기는 어렵다.

▲ 730년이나 된 고성치고는 보존이 아주 잘 되어 있었다.

다른 것은 몰라도 에드워드 I세는 도전의식이 대단한 군주이었던 것만은 틀림없는 것 같았다. 그는 왕자의 몸으로 십자군 전장을 누비던 중 부왕의 사망소식을 듣고 귀국해서 왕위에 올랐다. 십자군 전쟁을 간단히 설명하면 성지인 예루살렘을 회교국인 튀르크가 장악하고 있었는데 그리스도인들이 순례하러 오면 그들을 감옥에 넣거나 핍박함으로써 터진 전쟁이다.

대략 11세기인 1095년에 시작해서 1456년에 끝났으니 361년 동안 계속된 전쟁이다. 유럽 그리스도 교회들이 원정을 떠나 일어났던 전쟁인데 1차전 때만 성공하고 그 후 모두 실패한 전쟁으로 영국의 에드워드 I세는 9차전을 치르던 중 부왕의 부고를 들었다.

전쟁의 경험으로부터 자신감을 얻은 것일까? 리웰린과 5년 동안의 전쟁에서 승리, 1282년 리웰린을 제거함으로써 웨일스는 영국의 땅이 되었다. 그리고 8개의 성을 구축한 것이 콘위성이다. 콘위는 전형적인 성곽도시로 길이 13km에 22개의 망루와 3개의 성문을 가지고 있고 성벽이 마을을 둘러싸고 있는 모양이다. 에드워드 I세가 아이언 링(Iron ring)이라는 이 성을 지은 후 콘위는 군사적 요새가 되었다.

우리가 다음에 도착한 곳은 코츠월드(Cotswolds)라는 지방인데 이곳에는 200개의 조그만 마을들이 있다고 하는데 그중 한곳인 버튼 온 더 워터(Bourton on the Water)라는 조그만 마을이었다.

조용한 마을인
버튼 온 더 워터

    버튼 온 더 워터(Bourton on the Water)에 오기 전에 우리는 체스터(Chester)라는 조그만 도시를 거쳐 왔는데 이 도시는 최근에 윤도현, 이소라 등이 버스킹을 했던 곳이다. 버스킹(busking)은 연예인들이 길거리에서 연주나 노래를 하면서 행인들한테 돈을 받는 행위로 간단히 말해서 거리 공연이라고 할 수 있다.

◀ 버튼 온 더 워터의 표지
▶ 강을 끼고 있는 버튼 온 더 워터

버튼 온 더 워터의 특징은 윈드러쉬(Windrush)강이 마을 한가운데를 흐르고 있고 다리도 있고 해서 '코츠월드의 베니스(Venice of the Cotswolds)'라는 별칭을 얻었다고 하는데 나는 아무리 보아도 그런 분위기를 느낄 수 없었다. 다만 조그만 예쁜 마을임은 말할 필요도 없고 코츠월드를 배경으로 한 영화가 몇 편 있다고 한다. 코츠월드 지방의 마을들은 나름대로 제각각의 아름다움을 지니고 있다고 하니 버튼 온 더 워터(Bourton on the Water)에 잠시 머물면서 여러 마을을 한번 둘러보고 싶은 욕심도 났다.

하지만 그런 여정은 젊었을 때나 한번 꿈꿔 볼 일이지 갈 길이 바쁜 나그네의 처지를 깨닫고는 발길을 재촉했다.

◀ 아침을 주는 숙소인 B&B
▶ 맑은 시냇물이 흐르고 있다.

로마의 목욕탕으로
유명한 바스

로만 바스(Roman Bath), '로마의 목욕탕' 또는 목욕장, 아니 온천의 뜻도 있으니까 '로마의 온천'이라고나 할까. 바스는 에이번 강 계곡에 위치한 언덕 안에 있으며, 영국에서 유일하게 자연 온천수가 발생하는 곳이다. 1987년 유네스코 세계유산으로 지정되었다. 로마 목욕탕은 기원전 1세기경에 로마인들이 세운 목욕탕이다. 유적이 발굴되기 전까지는 상류층의 물놀이 장소로 인기가 있었다.

18세기부터 발굴 작업을 시작하여 19세기에 복원이 본격적으로 이루어졌다. 현재 로만 바스는 목욕탕으로 사용되고 있지 않으며 여러 가지 유물을 전시함으로써 관광객들의 인기를 끌고 있다. 예전에 사람들이 로만 바스에 오는 이유는 여러 가지였다. 로만 바스에 오는 사람들은 성수(sacred water)로 목욕하러 오는 사람, 병을 치료하려고 오는 사람, 사원에서 기도하려고 오는 사람 등 사연도 가지가지다.

거기에 있는 사람들은 남자와 여자, 병사, 민간인, 노예들도 있었다. 영국에 있는 **Aquae Sulis**, 바꿔 말하면 로만 바스는 당시 거대한 로마제국의 분포를 생각하면 조그만 한 점에 지나지 않았다. 로만 바스의 역사는 전시장에 있는 여러 표지판에 기재되어 있는데 그것을 간단히 소개하고자 한다.

▲ 목욕탕을 보는 사람들 위로는 돔 형식으로 지붕이 있었다.
▼ 관광객들이 로만 바스를 굽어보고 있다.

로만 바스의 중심에는 신성한 샘(sacred spring)이 있는데 로마인들이 들어오기 전에는 그 장소가 바로 그 지역 사람들에게는 경배의 장소였다. 그 사람들에게 그 신성한 웅덩이(sacred pool)는 여신의 정신이 살아 숨 쉬었던 곳이었는데 로마인들이 들어오면서 그들은 그 뜨거운 물을 목욕하는 데 사용했던 것이다. 그리고 AD 76년경 그들은 최초의 목욕탕과 사원을 건축했다. 4세기 초에는 목욕탕과 수리스 미네르바(Sulis Minerva)라는 사원이 최대한도로 확장되었으며 사원의 안마당과 목욕탕은 수백 명이 사용할 수 있을 만큼 넓었으며 건물들은 화려했고 사람들로 북적댔다.

아래에서 보는 로만 바스의 모형에서는 지붕이 돔으로 모두 둘러져 있다. 그리고 오른쪽 맨 앞에 있는 Sulis Minerva 사원은 네 개의 기둥이 건물을 떠받치고 있어 견고한 느낌을 준다. 로만 바스는 로마인들의 건축 공법을 보여주기도 한다.

▲ 오른쪽이 Sulis Minerva 사원이고 목욕탕은 돔으로 되어 있다.

아궁이에서 목탄을 때면 불꽃과 연기 등이 뒤엉킨 뜨거운 공기가 타일 바닥 밑에 있는 벽돌기둥들을 휘감아 돌고 달구면서 방을 덥힌다. 그리고 연기는 벽의 구멍을 따라서 밖으로 배출된다. 아파트 방바닥 밑에 있는 구불구불한 파이프를 통해 뜨거운 물이 흐르면서 방을 덥히는 현대식 온돌의 원리와 거의 비슷하다.

이곳에 제일 먼저 온 사람들은 로마 군인들이다. 그다음에 근처 지역에 사는 사람들이 오고, 로마로부터 관리들, 사제들, 그리고 무역업을 하는 사람들과 순례자들이 모여들었다. 특히 무역업자들과 순례자들은 장거리 여행을 하는 사람들이다. 그들이 올 때마다 새로운 소식, 아이디어, 돈 그리고 물건들을 가져왔다. 로만 바스에서 죽은 사람들은 3세기까지는 화장이 보통이었지만 그 후는 매장을 하였다. 마을 밖 묘지에서는 매장하는 것이 보통이었지만 이것이 언제나 지켜지지는 않았고 화장도 했던 모양이다.

◀ 타일 밑에 설치된 조그만 벽돌 기둥 아궁이에 불을 지피는 사람도 보인다.
▶ 타일 밑에 설치된 조그만 벽돌들

박물관에는 많은 묘비도 전시되어 있는데 한 병사의 묘비를 보면 쓸쓸한 느낌을 갖지 않을 수 없었다. 바이탈리스(Vitalis)라는 병사는 20번째 로마군단 소속 병사로 9년간 복무했으며 나이는 29세, 고대 벨기에족 출신으로 장례식은 병기제조 길드의 대금으로 치러줬다고 하는데 이역만리에서 눈을 감은 이 젊은이의 묘비가 왜 이렇게 쓸쓸히 느껴지는지 한동안 눈을 뗄 수가 없었다. 2차 대전 때 일본 제국주의에 의해 징용으로 끌려가 탄광에서 죽거나 만주에 학도병으로 징발된 후 죽은 많은 젊은이들이 생각났다. 이런 희생은 동서양의 구분이 없다. 6·25 전쟁 때 아무런 연고도 없는 한 나라의 자유를 위해 한반도에서 숨진 36,574명의 미군 장병의 경우도 마찬가지다.

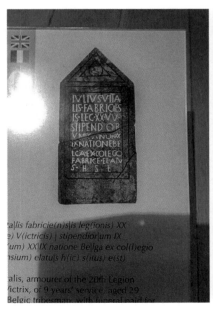

◀ 바이탈리스(Vitalis)라는 병사의 묘비
▶ 두루마리 종이를 들고 있는 장교의 석상

로마군단(legion)은 소수 기병을 포함해서 3,000명 내지 6,000명으로 이루어진 보병부대로 묘비에 적힌 병사는 계급이 아주 낮은 사병인 모양이다. 반면에 오른쪽에 머리가 없는 군인은 통신장교로 백부장(百夫長, centurion) 다음가는 부지휘관으로 되어 있다. 로마군에서는 100명의 보병을 1隊로 하고 60대로서 군단을 조직했다고 하니까 이 장교는 100명을 통솔하는 부지휘관이기 때문에 석상이 만들어졌던 것 같다. 설명판에 통신에 책임이 있다고 했는데 그런 직무 때문인지 두루마리 종이를 쥐고 있는 모습이었다.

◀ 아쿠아 수리스 방문을 권고하는 광고
▶ 로마인이 수건 등을 나르는 모습

2011년 기준 바스시의 인구는 10만도 채 안 되는 약 88,800여 명에 불과하지만 일 년에 약 100만 명의 관광객이 이곳을 찾는다고 하니 얼마나 많은 여행객이 오고 가는지 짐작이 간다. 로만 바스에는 앞에서 본 바와 같이 신성한 샘(Sacred Spring), 로마 사원(Roman Temple), 로마 바스 하우스(Roman Bath House), 박물관(Museum)이 함께 복합건물에 있다. 묘비, 유물들, 위에 나오는 석상, 로마시대의 동전, 모자이크 무늬의 마룻바닥 등은 모두 박물관에 전시되어 있던 것들이다.

신성한 샘은 12세기에 건설된 '왕의 목욕탕'이라고 알려진 풀에 물을 대는데 지질 단층으로부터 섭씨 46도의 온수가 매일 솟아오르면서 목욕탕으로 흘러들어 간다. 로마인들은 알 수 없는 원천에서 뜨거운 물이 솟아나오는 것을 보고, 그런 곳에는 제단을 만들어 세우고 그 뜨거운 물을 신성한 물이라고 여겼다.

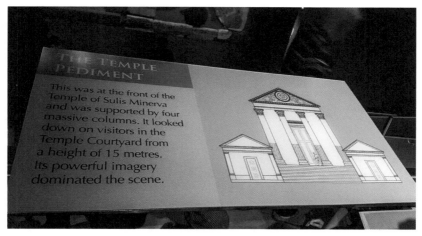

▲ 네 개의 기둥이 떠받치고 있으며 높이가 15m인 수리스 미네르바 사원

뜨거운 물의 양은 매일 117만 리터씩 솟아올라서 12세기에 지어진 '왕의 목욕탕'에서 끓어오르곤 했다. 로마인들은 또 수리스 미네르바(Sulis Minerva)라는 사원을 지었는데 건물 정면 맨 꼭대기 삼각형 벽면에 이 사원의 강력한 상징인 고곤(Gorgon)의 머리를 새겨 넣었다.

사원의 벽면에서는 고곤의 두상만 유물로서 남겨진 게 아니다. 달의 여신인 루나(Luna)의 모습도 벽면에 남아 있었고 로마시대 영국(The Roman Britain)의 다른 곳에서는 사원이 아닌 여러 가지 조각품들도 많이 발견되었다. 그중에는 독특한 머리 스타일을 한 여인의 얼굴도 남아 있었는데 1세기경 로마 시대 여인의 헤어스타일로는 너무나 파격적이고 멋이 있어서 어느 부잣집의 여인으로서 그 묘석을 치장하는데 쓰여졌을지도 모른다고 추정할 뿐이다.

▲ 사원의 상징으로서 건물 맨 위쪽 삼각형 벽면에 새겨져 있는 고곤(Gorgon)의 머리

또 후세에는 시각 장애인들도 사원과 조각품들도 느낄 수 있도록 시각 장애인용 조각품들도 전시해 놓았다. 시각장애인들이 만져 볼 수 있도록 해놓고 그 밑에는 그들이 읽을 수 있는 문자들이 나타나 있다. 루나의 모습뿐만 아니라 사원과 고곤(Gorgon)의 머리도 만져서 느낄 수 있도록 해 놓았다.

충분히 구경하고 바스를 떠날 때가 되었다고 생각했는데 우리 일행을 인도하고 있는 가이드는 바스에 좀 더 볼 곳이 있다고 했다. 그곳은 다름 아닌 로열 크레센트(Royal Crescent)라는 곳과 펄트니 다리(Pulteney Bridge)라는 곳이었다. 특히 펄트니 다리는 영화 〈레미제라블〉의 촬영지라고 하였다.

Luna from pediment - please touch

◀ 머리 스타일이 멋있는 여인의 얼굴
▶ 장애인들을 위한 루나의 조각품

▲ 지금은 호텔로 사용되고 있지만 원래 귀족들을 위한 공동 주택이었던 로열 크레센트

▼ 상점이 세워진 펄트니 다리와 에이본 강의 흰 물결

영국의 로열 크레센트(Royal Crescent)는 당초 귀족들의 공동주택용으로 지었으나 지금은 호텔로 사용되고 있으며 바스의 또 다른 관광명소로 관광객들이 잠깐씩 방문하는 곳이 되었다. 로열 크레센트는 1775년 존 우드(John Wood the Younger)에 의해 8년에 걸쳐 건설되었다. 사진에는 건물 전경이 모두 다 안 찍혔으나 로열 크레센트는 초승달 모양을 하고 있으며 여름에는 로열 크레센트 앞 넓은 잔디밭에서 사람들이 휴식을 취하는 광경도 심심치 않게 볼 수 있다.

바스의 에이본(Avon)강과 펄트니(Pulteney) 다리는 로만 바스에서 멀지 않은 거리에 있었다. 아마 로열 크레센트를 보러 가기 전에 들렸던 듯하다. 바스를 끼고 돌아가는 에이본(Avon)강과 그 위에 있는 펄트니 다리는 로마 목욕탕에서 에이본강 쪽으로 걸어가다 보면 쉽게 볼 수 있다. 이곳이 유명해진 이유는 영화 〈레미제라블〉에서 자베르 경감이 자괴감을 못 이겨 자살했던 다리가 이곳이었기 때문이다.

이 다리는 로버트 아담(Robert Adam)이 디자인해서 1774년에 완성시켰다. 이 다리가 또 유명한 까닭은 다리 위의 보도 양옆으로 상점을 올려서 다른 다리들과는 다르게 독특하게 보이기 때문이다. 18세기 말에 홍수로 훼손되었지만 비슷한 디자인으로 재건축되었다. 다리의 길이는 45m이고 넓이는 18m이며 위에서 강을 내려다볼 때 보이는 하얀 물결도 상당히 특이해서 보는 사람들에게 강렬한 인상을 주었다.

독일 *Germany*

'엘베강변의 플로렌스'로
불리는 드레스덴

2015년 8월 말 20일간의 자유여행을 통해 4개 주 14개 대·중·소도시를 돌아보는 독일여행은 5박을 베를린에서 보내기로 되어있었다. 벌써 베를린에 온 지 며칠이 지나 내일이면 구동독으로 들어간다. 정말 내가 옛 동독의 도시를 방문할 수 있다니 세상이 많이 변했다는 생각을 떨칠 수가 없었다.

이번 여행기를 쓰면서 통일 독일의 면적이 한반도의 1.6배밖에 안 된다는 것을 알고 통일 한국의 면적이나 인구가 비슷하다는 점에서 고무되었다. 그러나 독일에서 공부한 친구들의 설명이 나의 느낌보다 더 설득력이 있어 보였다. 그들의 이야기인즉 한반도의 70% 이상이 산악지대인데 반해 독일 땅의 70%는 여러모로 가용할 수 있는 평야지대라는 것이다.

▲ 왕궁과 교회 그리고 유람선이 함께 보이는 드레스덴의 모습
▼ 마이센의 도자기 타일을 이용해서 군주의 행렬을 만든 드레스덴 레지덴츠의 벽화

베를린에서 드레스덴으로 가는 과정에서 웃지 못할 해프닝도 있었다. 독일에서 처음 기차를 타보기 때문일까? 약간 호기심은 있었지만 흥분한 것은 아닌데 기차를 놓친 것이다. 우리가 타고 갈 기차가 미리 와서 기다리고 있었는데 그만 번호를 제대로 보지 않아서 놓쳐버렸다. 기차 시간을 기차가 도착하는 시간으로 순간적으로 착각하고 있었는데, 우리가 탈 차는 10분 전에 들어 와서 손님을 태우고 그 시간에 떠나 버린 것이다. 나만 믿고 있던 가족들도 혼비백산했지만 어쩔 수 없었다. 나는 황급히 인포메이션 데스크로 가서 다음 기차를 탈 수 있는 허가를 받고야 마음을 놓았다. 드레스덴에는 1시간 반이나 지체된 후 밤늦게 도착했다.

호텔은 드레스덴 중앙역에서 얼마 떨어지지 않은 곳에 있어서 택시를 타지 않고 쉽게 찾을 수 있었다. 영어로는 free tour 또는 independent trip이라고 하는 소위 배낭여행을 할 때는 숙소가 기차나 버스의 중앙역이나 종점에 있으면 그렇게 편할 수가 없다. 박근혜 전 대통령의 '드레스덴 선언'으로 유명한 이 도시는 작센주의 주도로서 예로부터 정치, 문화, 상공업의 중심지이었다.

청명한 여름날 아침에 본 드레스덴은 아름다웠다. 2014년 기준, 인구 약 53만 6,000명의 드레스덴은 1945년까지는 '엘베강변의 플로렌스'라고 할 정도로 예술의 중심지이었는데 종전 몇 개월을 앞둔 1945년 2월 연합국으로부터 엄청난 폭격을 받았다. 연합국은 1945년 5월에는 독일로부터, 8월에는 일본으로부터 항복을 받음으로써 세계 제2차 대전은 마무리되었다.

▲ 드레스덴의 쯔빙거 왕궁을 옥상에서 바라본 광경
▼ 쯔빙거 왕궁을 다른 각도에서 본 모습

드레스덴에 대한 집중 폭격은 후에 많은 논란을 야기했는데 비판가들은 예술의 명소로 알려진 도시에 그러한 폭격이 왜 필요했는지 신랄하게 비판했다. 이에 대해 미 공군당국은 당시 드레스덴에는 110여 개 군수업체에서 5만 명의 노동자들이 독일의 군수산업을 총력 지원했다고 맞받아치면서 자신들의 폭격을 정당화했다.

통일 후 드레스덴은 작센주의 중심지로서 뿐만 아니라 관광지로도 명성을 날리고 있다. 드레스덴은 동구라파의 부다페스트나 프라하처럼 옛 모습을 많이 보존하고 있다는 인상을 받았다. 자본주의 체제에서는 도심의 재개발이나 활발한 상업 활동 때문에 도시의 외형이 많이 변하는데 비해 사회주의 체제에서는 상대적으로 그러한 변화가 적은데 기인한다고 나는 나름대로 추측하고 있다.

▲ 독일의 모든 도시에서 볼 수 있는 전차의 모습

앞에서도 말했지만 통일 독일의 면적은 통일 한반도의 1.6배 밖에 안되기 때문에 우리가 기차로 여행한 도시 간의 거리도 길어야 세 시간이고 대부분 두 시간이면 닿을 수 있었다. 베를린에서 드레스덴, 드레스덴에서 뉘른베르크, 뉘른베르크에서 뮌헨까지 그리고 돌아오는 길에 뷔르츠부르크에서 프랑크푸르트까지 모두 기차로 여행했는데 지루하지 않았던 까닭은 도시 간의 거리가 멀지 않았기 때문이었다.

뉘른베르크의 호텔 역시 중앙역에서 15분쯤 떨어져 있는 곳에 있었다. 택시를 타고 가기에는 너무 가깝고 가방을 끌고 가기에는 조금 먼 거리였지만 각자 짐을 챙겨 밤길을 걸었다. 호텔은 대로 옆에 있어 쉽게 찾을 수 있었다.

섬 위에 세워져 있는
헤렌킴제 성

    뮌헨은 바이에른주의 주도로 베를린, 함부르크에 이어 독일에서 세 번째로 큰 도시로 관광객들이 많이 찾는 곳일 뿐만 아니라 독일에서도 부자들이 많은 도시라서 그런지 여유가 있고 모든 것이 풍족해 보였다. 이제 뮌헨을 떠나 남쪽으로 자동차 여행을 떠날 때가 되었다.

    솔직히 말해서 차를 렌트하러 갈 때까지 독일에서 운전하는 것에 대해서 두려움도 없었고 자동차에 대한 생각이 아예 나지 않았다. 비록 운전에 대한 생각이 잠깐 난다고 하더라도 금방 떨쳐버릴 수 있었을 것이다. 왜냐하면 70년부터 운전을 해왔고 특히 2015년 2월에는 로스앤젤레스에서 팜 스프링까지 운전을 해 보았고, 4월에는 3박 4일 동안 대구, 통영, 남해, 담양을 두루 보면서 나름대로 준비를 해 왔기 때문이다. 자신감을 강화시키기 위한 시도였다. 그래서 한국, 미국에서의 운전과 독일에서의 운전이 무얼 그렇게 다를까 싶었다.

▲ 관광객을 싣고 계속 들어오는 자동차들

▼ 헤렌인젤 섬에 세워진 성을 향해 드나드는 관광객들

렌터카 회사는 AVIS이었다. 자동차는 폭스바겐 그룹 소유의 체코 자동차 업체인 슈코다(Skoda)로 4도어의 4~5인승이다. 비교적 렌트 비용이 저렴해서 아내가 계약했다고 하는데 나는 그 브랜드의 로고를 두어 번 본 일이 있지만 차는 생소했다. AVIS 직원이 차에 대한 설명을 간단히 하고 사무실로 들어가 버리자 그때서야 덜컥 겁이 났다. 내가 이 나라에서 정말 차를 몰 수 있을까? 아내를 옆에 태우고 우선 차를 지상으로 끌어내려야 했다.

자동차를 건물 6층에서 끌고 내려온 다음에는 호텔로 돌아가서 딸도 태우고 짐을 싣고 첫 목적지인 헤렌킴제 성을 향해야만 했다. 긴장해서인지 입안의 침은 마르기 시작했고 정신이 하나도 없었다. 건물 6층에서 거리로 내려와 조금 안도했는데 또 다른 문제가 생겨났다.

▲ 선창가에 비친 호숫가 풍경

교통 신호등에 빨간 불이 들어오거나 '정지' 표지판 앞에서 브레이크를 밟으면 엔진이 꺼지는 것 같았다. 물론 자동차는 오토매틱이었다. 그러면 계기판에 '수동으로 엔진을 시작하라(start engine manually)'는 표시가 들어왔다. 그러기를 한 열댓 번은 했을까, 아마 자동차에 적응하기까지는 반나절 이상은 족히 걸렸을 것이다.

자동차를 그런대로 몰기 시작했을 때 내가 터득한 요령은 브레이크를 살짝 밟으면서 엔진을 꺼지지 않도록 유지하는데 모든 신경을 집중했다. 지금 추측하건대 브레이크를 꽉 밟을 때 휘발유가 마구 뿜어져 나오는 차들과는 다르게 연비를 최대로 높이기 위해 만든 시스템 같았는데 나는 적응하기가 어려웠다.

영어로 되어 있는 내비게이션이 없었으면 뮌헨에서 80km 떨어져 있는 헤렌킴제를 찾아가기가 어려웠을 것이다. 일설에 의하면 한국어로 된 내비게이션도 있다고 하는데 우리는 그때 몰랐고 AVIS가 준 것도 영어로 된 것뿐이었다. 헤렌킴제 성에 가까워오니 유람선이 킴제 호수를 가로지르면서 관광객들을 끊임없이 성으로 실어 나르고 있었다.

▲ 헤렌킴제 성과 분수 그리고 그늘에 드리워진 넓은 정원

선착장에 도착하면 숲과 나무로 우거진 길을 따라 한참 가야 성에 도달할 수 있었다. 도보로 숲속을 한 20분 정도 걸었을까 드디어 헤렌킴제 성의 정원이 보이기 시작했다. 물론 뮌헨에서 기차를 타고 Prien am Chiemsee역에 도착, 다시 8분 동안 증기기관차를 타면 선착장에 도착할 수 있다.

▲ 여인의 뒤로 보이는 성이 헤렌킴제 성
▼ 비스듬히 앉아 있는 모습이 여인의 상과 대비되는 남자의 상

헤렌킴제 성은 한마디로 킴제 호수 위, 헤렌인젤 섬에 세워져 있는 성이다. 19세기 말 바이에른의 군주이었던 루드비히 II세가 1864년 왕위를 계승할 당시 그의 나이는 고작 18세였다.

그가 1886년 슈타른베르거 호수에서 의문의 익사체로 발견될 때까지 생전에 그는 그 유명한 노이슈반슈타인 성을 비롯해서 린더호프 성, 헤렌킴제 성을 지었다.

물론 그가 이 세 성의 건축을 시작했지만 살아 있는 동안 완공을 본 성은 오직 린더호프 성뿐이었고, 헤렌킴제 성에 머문 기간은 아주 짧았다고 한다. 바이에른의 주도이며 정치의 중심지이었던 뮌헨을 피해 깊은 산속을 떠돌던 그의 마음을 조금은 이해할 수 있지만, 국고를 탕진해가며 지은 성들이 130년이 지난 지금 관광명소가 된 것은 정말 아이러니라고 아니할 수 없다.

자동차를 타고 온 첫 목적지인 헤렌킴제 성, 도로에서 한참 들어와 있는 곳이기에 처음에는 조금 헤매기는 했지만 동쪽의 베르히테스가덴으로 가야 했기에 마음이 조급해졌다. 헤렌킴제 성은 들어갈 때나 나올 때 그 넓은 정원을 지나 다시 숲속으로 들어가서 선착장으로 가야 한다. 선착장 근처에 또 미술관이 있으나 나는 그곳에 가기를 그만두고 우리를 싣고 나갈 유람선을 기다리기로 했다.

히틀러의 별장이 있는
베르히테스가덴

베르히테스가덴(Berhchtesgaden)은 남부 독일에 있으며 잘츠부르크 근처에 있다. 헤렌킴제 성을 거의 반나절 동안 구경하고 다음 목적지인 베르히테스가덴으로 떠날 무렵이 되어서야 왜 독일 남부를 자동차로 여행하는 것이 편한지를 어렴풋이 알 것 같았다.

▲ 켈슈타인 방향은 좌회전 쪽을 가리키고 있는 도로 표지판

물론 뮌헨에서 헤렌킴제를 기차로 여행할 수도 있고, 지금 동쪽으로 가고 있는 베르히테스가덴도 뮌헨에서 세 시간이면 갈 수 있다고 하지만 아마 그것은 기차를 이용할 때를 말한 것이고 어떤 경우라도 아침 일찍 서둘러야 겨우 한 곳만 구경하고 밤늦게 뮌헨으로 돌아올 수 있을 것 같았다.

　베르히테스가덴은 무엇보다도 히틀러의 별장이 있다고 해서 우선 한시 바삐 가고 싶었다. 이제 그런대로 자동차에 많이 적응해가고 있었지만, 내비게이션에 대한 적응 또한 만만하지 않았다. 더구나 깜깜한 밤인데다가 좀 헤매다 보니 8시가 훨씬 넘어서야 우리가 하룻밤 묵을 수 있는 집에 도착할 수 있었다.

▲ 별장으로 가는 엘리베이터를 타기 위해 터널을 통과하는 관광객들

베르히테스가덴은 사운드 오브 뮤직의 배경지인 잘츠부르크 바로 옆에 있기 때문에 대개 그곳을 거쳐 가는 것이 보통이다. 베르히테스가덴을 구경하게 될 9월의 첫날은 기분이 상쾌할 정도로 맑고 따듯한 청명한 날씨였다. 히틀러의 별장은 켈슈타인(Khelstein)이란 곳에 있는데 그곳으로 가는 도로변의 광경은 아름다웠다. 더구나 알프스 산맥을 볼 수 있는 산의 정상으로 올라가기 때문에 경치가 아름다웠다.

패키지로 온 관광객들은 물론 자기 자동차를 가지고 온 여행객이라도 별장이 있는 켈슈타인하우스(Khelsteinhaus)에는 일반차량은 진입할 수 없기 때문에 오베르잘츠베르크(Obersalzberg)에서 모두 하차, 표를 구입한 후 버스를 다시 갈아타고 올라가야 한다. 버스로 한 20분은 타고 올라갔을까 드디어 조그만 광장이 나타났고 거기서 하차해서 터널 속으로 들어가서 엘리베이터를 탔다.

별장이라고 하면 보통 화려한 건물을 상상하게 되지만 히틀러의 별장은 전혀 그런 모습은 아니었다. 그저 산꼭대기에 있는 회색의 2층 건물이었다. 히틀러의 별장은 켈슈타인에 있기 때문에 '켈슈타인의 집(Khelsteinhaus)' 또는 '독수리의 둥지(Eagle's Nest)'라고도 한다. 왜 독수리의 둥지라고 했는지는 알 수 없다. 다만 검은 독수리가 신성로마제국 이후 하나의 상징으로 쓰여 왔고 히틀러를 비롯한 나치 역시 검은 독수리를 상징으로 쓴 적이 있기 때문인 것으로 추측할 뿐이다.

히틀러가 켈슈타인을 처음 본 것이 1923년이었고, 1933년 권력을 쥔후, 그의 측근인 마틴 보만이 오베르잘츠베르크의 땅들을 매수하기 시작, 1938년과 1939년 산 위로 올라가는 도로를 놓고 히틀러의 50세 생일을 위한 선물로 그 건물을 바쳤다고 한다.

▲ 가운데 있는 집이 '독수리 둥지'라고 알려진 히틀러의 별장

▼ 히틀러 별장은 2,713m의 바쯔만 등 알프스 고봉에 둘러싸여 있다.

켈슈타인하우스를 소개하는 책자에 의하면 히틀러는 그의 정부인 에바 브라운을 이곳에 데려다 놓고 자주 방문했다고 하는데 그녀가 이곳에서 차에서 내리는 사진도 보여준다. 뿐만 아니라 전쟁이 막바지로 치닫고 있었던 1943년에는 나치의 수뇌부가 이곳으로 이동, 1944년에는 거의 나치의 전쟁본부로 기능하면서 전쟁을 위한 주요 결정들이 여기서 이루어졌다고 한다.

특히 히틀러 개인을 위해 산 정상까지 견고한 도로가 놓여지고, 터널과 엘리베이터까지 건설된 것을 보면 히틀러의 권력이 얼마나 막강했는지를 알 수 있을 것 같았다. 그리고 자기 고향인 잘츠부르크에서 가까운 이곳에 와서 아침마다 이 장엄한 알프스를 바라보면서 무슨 생각을 했을까 하고 부질없는 생각을 해 본다.

그런데 의외로 히틀러는 이 별장을 좋아하지 않았다고 한다. 자살 직전에는 에바 브라운과 결혼을 했다고 하지만 결혼 전의 그녀를 거의 강제적으로 그곳에 데려다 놓고 10여 차례 찾아왔다고 한다. 그가 이곳을 썩 탐탁하지 않게 여겼던 까닭은 낭떠러지를 옆에 두고 산을 굽이굽이 올라가는 도로며, 특히 산 정상에 낙뢰가 내려치지 않을까 걱정했다고 한다.

▲ 히틀러 별장 내부를 둘러보고 있는 관광객들

▲ 우람한 산을 배경으로 호숫가에 있는 성 바르톨로메 성당

켈슈타인 근처에는 또 다른 명소, 쾨니히(Koenigssee) 호수가 있어 그냥 지나칠 수가 없었다. 자동차로 약 15분 정도 걸린다고 했다.

쾨니히 호수는 해발 600m나 되는 가장 높은 곳에 있는 호수로서 가장 깊은 곳은 수심이 190m나 되며 물이 맑기로도 유명하다. 베르히테스가덴에서 보는 알프스 산맥과 쾨니히 호수는 영국 BBC 방송국에 의해 '죽기 전에 봐야 할 100곳'으로 선정되기도 했다.

쾨니히 호수는 유람선을 타고 들어가야 하는데 배를 탄 후 첫 번째 정류장은 케셀(Kessel)이고 두 번째 정류장은 성 바르톨로메(St. Bartholoma) 성당이고, 세 번째가 잘레트(Salet)이다. 잘레트까지 보고 돌아오려면 55분이나 소요되기 때문에 우리는 성 바르톨로메 성당만 구경하려고 두 번째 정류장에서 내렸는데 이 코스를 택하는 관광객이 제일 많다고 한다.

유람선을 타고 케셀을 지나칠 무렵에는 한 가지 볼거리가 있는데 선장이 배 위에 서서 산을 향해 트럼펫을 불면 그 노래가 절벽에 부딪혀 반향이 되어 온다고 했다. 유람선의 엔진을 끄고 선장이 멋지게 트럼펫으로 한 곡조를 뽑으니 과연 그 소리가 은은하게 되돌아 왔다. 두 번째 정류장에서 하선, 성당으로 향했다. 산 밑의 거리는 기념품점과 식당 때문에 사람들이 많이 붐볐다.

성 바르톨로메 성당은 1134년 순례자를 위해 지어졌는데 내부는 화려하지도, 또 독특한 모습도 볼 수 없었다. 쾨니히 호수를 떠나기 전에 이곳에서 송어 요리를 맛보는 것도 괜찮을 것이라는 이야기도 있어 먹어봤지만 요리와 함께 아주 듬뿍 나온 감자튀김만 계속 생각이 나는 것을 보면 송어요리가 나에게는 별미가 아니었던 것 같다. 베르히테스가덴, 히틀러 별장, 쾨니히 호수를 두루 구경하면서 비로소 자동차 여행을 즐기고 있는 나 자신을 발견한 것도 이때였다.

이제 동쪽의 베르히테스가덴으로부터 서쪽의 퓌센으로 떠날 때가 되었다. 헤렌킴제, 베르히테스가덴과 히틀러 별장, 그리고 이곳 쾨니히 호수를 돌아다니는 동안 자유여행을 하는 젊은 남녀 한 커플을 만났을 뿐 한국인 관광객들을 만나지 못했다. 그리고 뮌헨 시청 앞에서 한국인 패키지 여행팀을 한 그룹 만났다.

9월로 접어들어 개학했기 때문에 학생들이 해외여행을 나올 수 없기 때문이기도 하지만 이곳이 패키지로는 여행을 오기가 어려운 번거로움이 있기 때문인지도 모른다. 송어 요리를 먹으면서 퓌센으로 가는 도로를 물으니 웨이트리스가 지도를 가져와 자세하게 알려주었다. 노이슈반슈타인 성이 있는 퓌센으로 가는 도중에는 알펜가도(Alpen strasse)의 경치를 구경할 수 있다고 해서 기대가 높았다. 이제 운전에 자신을 가지게 되어서 더욱 알펜가도의 여행이 기다려졌는지도 모른다.

▲ 관광객들이 쾨니히 호수를 보면서 휴식을 취하고 있다.

▼ 우뚝 서 있는 산과 호수에 매료되어 발길을 멈춘 한 여자 관광객

플란제와
린더호프 성 이야기

나는 '백조의 성'이라고 불리는 노이슈반슈타인과는 인연이 없었다. 아주 오래전에 스위스와 오스트리아를 여행했을 때였든가 높은 언덕에서 멀리 이 성을 본 일이 있었다. 그래서 이번에는 구경할 수 있으려니 기대를 했는데 아침부터 비가 와서 안개가 자욱한 가운데 자세하게 구경을 하지 못했다.

아쉬운 노이슈반슈타인 관광을 뒤로하고 슈반가우를 벗어나서 린더호프성을 향해 떠난 후 얼마 안 되어서였다. 비가 걷히려는지 또는 잠시 그친 것이지는 모르겠으나 구름이 산에 걸쳐있는 광경이 파란 호수와 어울려 한 폭의 그림 같았다. 뜻밖에 아름다운 경치를 만나니 '백조의 성'에 대한 아쉬움은 금방 잊어버리고 길가에 차를 세우지 않을 수 없었다.

근처의 지명 표시판에는 플란제(Plansee)라고 쓰여 있다. 서너 번이나 차를 멈추고 사진을 찍었다. 다시 한 번 자동차로 여행하길 잘했다는 생각이 들었고 렌트 기간을 연장하고 싶었다. 이렇게 해서 뮌헨으로 다시 가서 차를 반환하고 기차 여행을 재개하려는 당초 계획도 바뀌었다.

플란제는 호수를 따라 도로가 나 있었기 때문에 드라이브하기에 아주 좋은 곳이었다. 플란제는 노이슈반슈타인성이 있는 슈반가우와 린더호프성 사이에 있으며 독일과 오스트리아 국경에 있는 호수인데 오스트리아에 속한다. 그렇다고 국경 검문이 있는 것도 아니고 두 나라가 이 자연의 절경을 공유하는 것 같았다.

호수 옆에는 잔디가 길게 펼쳐져 있는 곳도 있고 캠핑장도 있다고 하니까 날씨만 좋으면 이 근처에서 며칠씩 묵으면서 휴가를 보내도 좋을 것 같은 생각도 들었다. 늦여름과 초가을은 여행하기에 좋은 계절이다. 자동차 여행을 하는 젊은이들이나 유럽에서 장기간 체류하는 사람들은 이미 이곳을 알고 있으리라고 생각한다.

플란제의 경치를 감상하고 좀 늦은 오후에야 린더호프 성에 도착했다. 시간이 별로 안 남았지만 간신히 성을 구경할 수 있을 것 같아서 무조건 표를 사서 입장을 했다. 가이드의 설명을 들으면서 성 내부를 구경하는 데에는 그렇게 오래 걸리지 않았다. 왜냐하면 루드비히 II세가 건축을 지시한 세 성 중 규모가 가장 작았기 때문이다. 화려하기는 하지만 왕의 침실과 접견실, 악기의 방, 거울의 방 등 방이 몇 개 안 되었다.

이 성이 위치한 땅에는 원래 루드비히 II세의 아버지인 막시밀리안 II세의 작은 별장이 있었는데, 1870년 루드비히 II세는 확장을 지시하고 자기는 근처에 있는 '왕의 작은집'에 머물면서 성이 1886년에 완공되는 것을 보았다고 했으니 그가 성의 완성된 모습을 보고 얼마나 좋아했을지는 짐작이 간다.

▲ 호수와 산, 요트가 어우러져 있는 광경의 오스트리아 쪽 플란제
▼ 주위 풍경에 끌려 차를 세우지 않을 수 없었던 플란제의 경치

▲ 나무가 없어 보이는 산의 중턱이 오히려 기묘한 모습을 보여주어 이채롭다.
▼ 두 여인이 호숫가를 걷고 있는 플란제의 한가로운 모습

린더호프 성은 규모는 작지만 그의 생전에 완공되어 여기에 가장 오래 머물면서 자기의 취향대로 꾸민 정원을 보면서, 또 한편으로는 바그너의 오페라를 동굴 속에서 감상하면서 마음을 달랬던 것처럼 보였다. 그러나 이 성이 알프스의 산자락에 있는 것을 보면 마음의 안식처라기보다는 '은둔처'라고 해도 과언이 아니다. 그의 생활습관을 일별해 보면 더 그런 생각이 든다. 루드비히 II세는 낮에는 자고 밤에는 깨어 있는 습관을 가지고 있었다고 한다.

그가 주로 거실로 사용했던 거울의 방에서 밤새 내내 책을 보기도 했다고 하는데 수십 개의 촛불이 거울에 반사되었을 때 그 광경이 어떠했을지는 상상만 해도 알 수 있을 것 같았다. 또 미혼의 왕이 매일 아침 혼자 앉아 식사하는 광경도 그가 은둔 생활을 했다는 느낌을 갖게 한다.

식사 장면만 봐도 그렇다. 아래층에서 마련된 식탁이 바닥을 열고 올라오고 식사가 끝나면 자동 엘리베이터를 이용, 식탁이 아래층으로 내려갈 수 있도록 했다는데 그의 수줍어하는 성격을 고려하면 가능한 한 홀로 있으면서 은둔생활을 즐겼다는 생각이 들었다. 또한 주방의 스탭들은 때로는 네 사람의 자리까지 마련했다고 하는데 루드비히 II세는 식사를 하면서 루이 15세와 그의 정부인 퐁파두르 부인, 그리고 루이 16세의 왕비인 마리 앙투아네트처럼 상상 속의 인물들을 설정해 놓고 함께 대화를 나누는 시늉까지 했다고 한다.

▲ 알프스 산자락에 있는 린더호프성을 앞에서 본 모습

◀ 개를 데리고 있는 여인의 조각상

▶ 화려한 금박장식의 여인 조각상이 있는 린더호프 성의 전면

어디 이쁜인가? 이곳에 있는 비너스 동굴(Venus grotto)을 보고는 기괴한 생각까지 들었다. 동굴을 보기 전까지는 아름다운 정원이 사람들의 눈길을 끌었다. 전에 이야기한 적이 있지만 루드비히 II세의 우상은 프랑스의 루이 14세였다. 따라서 베르사유 궁전을 보고 온 루드비히 II세는 헤렌킴제의 정원은 베르사유의 정원을 모방해서 지었고, 린더호프성은 쁘띠 트리아농 궁전을 보고 감명을 받아 지었다고 하는데 정원에서도 그런 느낌이 물씬 풍겼다. 트리아농 궁전은 베르사유 본궁과는 다르게 루이 15세가 퐁파두르 부인을 위해 지은 곳이다.

베르사유 궁전에 있는 쁘띠 트리아농 궁전은 왕족들이 격식에서 벗어나서 생활하기 편하게 만든 궁이었다. 그렇지만 베르사유 본궁에 비해 규모만 작았을 뿐 왕궁의 모습 그대로여서 나중에는 루이 16세의 왕비인 마리 앙투아네트가 살았다고 한다. 린더호프성은 트리아농 궁전과 규모가 작은 것은 비슷하지만 내부 장식은 대리석과 마이센의 자기를 써서 훨씬 화려하게 지었다고 보면 된다. 성의 앞과 뒤에는 정원이 있고 곳곳에 조각상을 세워 18세기의 로코코 양식을 많이 따랐다고 한다.

특히 정원의 모습은 루드비히 II세가 직접 아이디어를 내서 만들었다고 한다. 왕궁의 뒷면에도 인공폭포와 포세이돈의 조각이 있다. 이런 광경은 왕의 침실에서 직접 볼 수 있도록 정원과 장식품들이 배치되었다. 다시 말하면 인공폭포에서 흘러나온 물이 아래로 펼쳐지는 30계단을 지나 말들이 이끄는 포세이돈 조각상으로 이어진다. 포세이돈은 그리스 신화에 나오는 '바다와 물의 신'으로 성격이 무척 거칠기로 유명한 신이다.

▲ 성의 뒷면에 설치된 인공폭포와 포세이돈의 분수상
▼ 겉보기에는 조그만 동굴이지만 안에는 극장식 무대로 꾸며져 있다.

▲ 물 위에 배가 떠 있고 전면에 무대가 보인다.

　이제 린더호프성의 볼 것 중에서 빼놓을 수 없는 동굴을 볼 차례이다. 동굴은 등나무와 꽃으로 만들어진 긴 아치형 구조를 지나서 좀 더 걸어 올라가니 동굴 입구를 볼 수 있었다. 동굴 앞 게시판에는 다음 관광 시간이 5시 35분으로 나와 있었다. 많이 늦은 시간이었다. 약 10분 정도 기다려서 가이드의 안내로 동굴 속으로 들어갔다. 울긋불긋한 색으로 꾸며진 동굴은 극장의 모양을 하고 있었다. 자연 그대로의 동굴 속에 그림이 그려져 있는 무대가 있고 그 앞에는 배가 있었으며 가이드의 설명에 따라 스위치가 켜지면서 물이 콸콸 쏟아져 나오면서 연못에 물이 차면서 배가 뜨는 모양도 보여주었다.

▲ 보라색으로 조명이 바뀌었을 때의 동굴 속 광경

　이제 다시 루드비히 II세가 탐닉했던 바그너의 오페라 무대를 동굴 속에서 보지 않으면 안 되었다. 바그너의 오페라, 〈로헨그린〉이 노이슈반슈타인에서 펼쳐졌다면 이곳에서는 〈탄호이저〉의 무대가 재현되었다. 동굴 속은 조명이 바뀔 때마다 분위기도 달라졌다. 조명은 붉은색이었다가 보라색 또는 다른 색으로 계속 바뀌었다. 루드비히 II세는 때로는 배 위에서, 또는 물 밖에서 오페라를 감상하였다고 하는데 이 모든 것이 한 사람이 단지 하나의 오페라를 감상하기 위해 만들어졌다니 믿어지지 않았다. 그러면 오페라 〈탄호이저〉는 어떤 내용일까?

　'탄호이저(Tannhauser)'는 중세의 기사인 동시에 음유(吟遊)시인이었다. 음유시인이란 시를 읊으며 각지를 떠돌아다니는 시인을 말한다. 어떻게 보면 탄호이저는 문무(文武)를 겸한 사람인 셈이다. 그는 영주의 조카딸인 엘리자베스와 이미 사랑을 서약한 사이였는데 환락의 여신이 유혹하자 그 꾐에 빠져 '비너스' 산에서 관능적인 사랑에 흠뻑 빠져들었다.

정욕과 쾌락의 생활에도 지쳐버린 탄호이저는 다시 영주의 바르트부르크 성으로 돌아오는데 우연히 한 노래 경연에서 자기와 사랑을 나누었던 비너스를 찬미하는 노래를 하면서 문제가 크게 불거진다. 영주는 탄호이저에게 순례의 길을 떠나라고 지시, 로마 교황으로부터 용서를 받고 오라고 명령한다.

여기서 영주의 바르트부르크 성은 기독교의 믿음을 중시하고, 정신적 가치를 강조하는 곳이라면 비너스 산은 육욕이 난무하고 쾌락에 젖어 있는 곳으로 대비되고 있다. 그래서 탄호이저의 절친한 친구이며 그 자신 또한 엘리자베스를 사모하고 있는 볼프람이 하나님과 정신을 바탕으로 한 사랑을 찬미하는 노래를 부른데 비해서 탄호이저는 마음이 아니라 육신의 향락에서 사랑을 찾노라고 노래를 했으니 영주의 분노를 사지 않을 수 없었던 것이다.

원래 영주는 탄호이저를 죽이려 하였고 바르트부르크 사람들도 반대하지 않았지만 엘리자베스의 간곡한 호소로 죽음만은 면한 채 탄호이저는 속죄의 길을 떠난 것이다. 온갖 어려움과 고초를 겪으면서 또 참회의 마음을 가지고 로마에 도착했지만 그는 교황으로부터 용서를 받지 못했다. 교황으로부터 용서를 받은 자의 지팡이에는 새잎이 돋고 꽃이 피지만 탄호이저에게는 그러한 일이 일어나지 않았다. 그는 실망과 좌절로 다시 비너스를 그리워하고 비너스 산으로 돌아가기를 갈망하지만, 친구인 볼프람이 그를 극구 만류하면서 엘리자베스를 다시 만날 수도 있었다.

말하자면 볼프람은 자신을 희생하면서 두 사람의 사랑을 확인시켜 주었다. 그러나 불행히도 엘리자베스는 탄호이저가 속죄 받지 못한 것을 알고 탄호이저를 용서하는 길이라면 자신의 죽음이라도 대신할 수 있다고 간절히 기도하면서 마침내 절망 끝에 죽게 된다. 결국 엘리자베스의 장례식을 보게 된 탄호이저는 그녀의 유해 앞에 쓰러지며 그 역시 숨이 끊어진다.

이때 젊은 순례자들이 잎이 돋고 꽃이 핀 지팡이를 들고 나타나는데 이것은 교황이 용서의 의미로 탄호이저에게 보낸 것이다. 아마도 엘리자베스의 간절한 기도 때문이었는지도 모른다. 어떻게 보면 이 오페라의 결말은 흡사 로미오와 줄리엣의 비극적인 종말을 보는 것 같아 씁쓸한 느낌을 갖지 않을 수 없다. 그런데 잘생긴 외모를 가진 루드비히 II세가 결혼도 하지 않고 이런 내용의 오페라를 감상하기 위해 어두컴컴한 이곳에 혼자 들어와 있을 것을 상상해보니 도무지 이해가 안 가는데 이런 느낌은 나만 가지고 있는 것일까?

비너스 동굴에서 얼마 떨어지지 않은 곳에 작은 이슬람 사원 같은 건물이 있는데 무어인의 정자라고 했다. 무어인은 스페인과 포르투갈이 있는 이베리아 반도를 정복한 적이 있다. 따라서 이 건물이 오리엔탈 냄새를 물씬 풍기는 것은 당연한데 도대체 이 건물이 왜 여기에 있는 것일까?

이 건물은 키오스크(kiosk)라고 하는데 키오스크는 터키 등지에서 볼 수 있는 이슬람식 정자이다. 루드비히 II세가 지으라고 명령한 것이 아니라 파산한 한 거부의 사업가로부터 루드비히 II세가 사들여 여기에 세웠다고 한다. 이 정자 내부는 오직 유리창을 통해서 볼 수 있는데 공작이 날개를 활짝 편 모습을 볼 수 있었다.

린더호프 성을 대강 둘러보고 나니까 또 비가 오기 시작했다. 아침에 노이슈반슈타인에서 만난 비구름이 아직 완전히 걷히지 않았기 때문이다. 여하튼 이렇게 해서 헤렌킴제, 노이슈반슈타인, 린더호프, 세 성을 모두 구경할 수 있었다. 음악과 독서로 밤을 지새우고 거기다 아름다운 성 짓기에 몰두한 왕이 군사적 대결이나 정적들과의 치열한 투쟁에서 힘을 못 쓸 것은 뻔하다.

▲ 이슬람 사원의 축소판 같은 느낌을 주는 무어인의 정자
▼ 성의 뒷면에서 본 린더호프성의 전경

결국 1886년 막판에 미치광이 군주로 몰려 권력을 박탈당한 채 거의 강제로 유배당한 상태에서 주치의와 함께 호숫가에서 의문의 익사체로 발견된 것은 어쩌면 당연한 귀결이었는지도 모른다. 후세 사람들이 루드비히 II세에 대해 엇갈린 평가를 하는 것도 당연하다. 한 가지는 루드비히 II세는 왕으로서의 책무는 등한시한 채 오직 성과 궁전 짓는 데 국고를 탕진한 정신병자 왕이라는 평가가 있는 반면에 순수하고, 예민하며, 개인적 취향에 지나치게 몰두한 왕이었지만, 결국은 정적들이 노리는 희생자가 되었다는 동정론도 있다.

그런데 전문가가 아니라도 그가 편집증적인 성향이 있음은 금방 알 수 있을 것 같았다. 성 짓기와 바그너에 대한 집착만 봐도 그렇다. 이런 사람들은 자기가 좋아하는 기호와 취향만 골라 그것에만 집착하는 성향을 보여준다. 말하자면 선택과 집중에 능해서 자기가 좋아하는 것에 한해서는 천재적인 성향을 보이는 것도 그들만의 특색이다.

독일 역사, 특히 과거의 역사에 대해 문외한인 내가 루드비히 II세를 정신질환자로 단정하는 것은 결코 아니지만 그가 편집증적인 성향을 가지고 있는 것이 아닐까 어렴풋이 느낄 수 있을 뿐이다. 18세에 등극한 그의 여리고 외로운 삶을 보면 더욱 그러한 생각이 든다. 특히 권력을 박탈당하고 노이슈반슈타인 근처의 한 성에 강제로 구류 당했을 때 그가 느꼈을 비참함과 권력의 무상함은 이루 말할 수 없었을 것이다. 내일은 그 젊은 왕이 말년에 외로운 싸움을 벌였을 때 자기편을 들어준 사람들의 후손들이 살고 있는 오버아머가우(Oberammergau)를 둘러보고 북쪽으로 올라갈 것이다.

아름다운 동화같은 소도시
오버아머가우

　오버아머가우(Oberammergau)에 있는 호텔을 찾았을 때는 약간 어둑어둑해서였다. 하루 종일 날씨가 궂었는데 호텔 식당의 음식이 입에 맞아 다행이었다. 다음 날, 아침 날씨는 그리 나쁘지 않아서 호텔에서 얼마 떨어지지 않은 에탈 수도원(Ettal abbey)을 찾았다. 에탈 수도원은 베네딕트회 수도원 건물로는 가장 큰 곳이었다. 1330년에 시공해서 1370년에 완공되었다. 중앙의 거대한 돔과 양쪽의 탑 등 교회의 규모가 상당히 큰게 인상적이었다.

　에탈 수도원은 1370년에 고딕 양식으로 되어 있었는데 구교와 신교 간에 벌어졌던 30년 종교전쟁(1618-1648) 중 많이 파손되어 1709년 바로크 양식으로 다시 지은 곳이라고 하는데 중앙 돔 안쪽의 프레스코화가 특히 유명하다고 하였다. 교회나 수도원의 역사에 문외한인 내가 단편적으로 찾아본 바로는 베네딕트 수도회는 권위와 보존을 중요하게 여기고 또 하나의 프란치스코 수도회는 검소하고 소박하며 청빈을 강조한다고 한다.

　그런데 베네딕트 수도회 이전에는 기존의 수도회라고는 극단적인 금욕의 수도 생활을 추구하는 켈틱 수도원이 거의 대부분이었는데 나중에는 모두 베네딕트의 제도와 규칙을 따랐다고 한다. 또한 베네딕트의 수도사들은 검은 수도복을, 프란치스코 수도사는 밝은 회색의 수도복을 입은 것도 대조적이다.

▲ 오버아머가우에서 멀지 않은 곳에 있는 에탈 수도원의 돔 건물
▼ 이른 아침 안개가 채 걷히기 전의 오버아머가우의 거리 광경

이른 아침이라 수도원은 열려있는데 관광객은 보이지 않아 우리는 빨리 구경을 마치고 오버아머가우로 돌아와서 시내를 구경하기 시작했다. 한국의 기준으로 보면 분명히 도시가 아니고 마을의 모습이지만 오버아머가우는 어엿한 도시이다.

도시가 되기 위해 필요한 인구는 나라마다 그 기준이 다르다. 한국의 경우는 5만 명 이상이지만 도농복합시의 경우 2만 명의 시가 2개 이상이면 도시로 쳐주고, 일본은 5만 명 이상이어야 되는 반면에 미국은 2,500명 이상이어야 한다. 한편 덴마크, 아이슬란드에서는 250~300명 이상이어야 하고, 독일, 프랑스 등에서는 2,000명 이상이면 되니까 인구 5,200명의 오버아머가우는 분명히 도시이다.

도시가 되기 위해 필요한 인구는 나라마다 다르지만 시기에 따라 변할 수도 있다. 미국도 70년대에는 1,500명 이상이면 도시로 규정했다. 여하튼 뮌헨에서 남서쪽으로 90Km 떨어진 오버아머가우는 알프스 산자락에 위치한 목가적인 분위기의 소도시이다. 관공서부터 개인주택에 이르기까지 외벽을 프레스코화로 장식한 전통가옥이 많이 눈에 띄었다.

가옥의 정면이나 옆면의 벽에 그린 프레스코화는 〈빨간모자〉, 〈헨젤과 그레텔〉, 〈백설공주〉 등 독일 동화나 성경에서 유래한 이야기에 바탕을 두었다. 오버아머가우는 알펜가도에 있는 소도시로 관광산업과 수공업이 발달했고 목공예의 중심지이기도 하다. 알펜가도는 전에 한 번 언급한 적이 있는데 독일 남부의 알프스를 따라 달리는 도로이다. 그 도로는 서쪽 보덴호반의 린다우에서 동쪽의 오스트리아 국경 옆에 있는 베르히테스가덴까지 480km에 걸쳐 있다.

▲ 〈헨젤과 그레텔〉로 장식되어 있는 고아원 건물

▼ 게스트인포메이션(Gasteinformation) 표시도 있는 시청(Rathaus)건물

▲ 꽃 속에 파묻혀 있는 오버아머가우의 전통 가옥들의 모습

　우리는 동쪽의 베르히테스가덴으로부터 이쪽으로 오는 도중에 비를 만나 아쉽게도 도로 주변의 아름다운 경치를 많이 놓쳤지만 이제 다시 동화같이 아름다운 오버아머가우를 구경할 수 있게 되어 다행으로 생각했다. 우선 시청 건물만 봐도 이곳이 어떠한 곳인지를 보여주는 것 같았다.

　오버아머가우거리에도 등에 짐을 진 노인의 조각상과 함께 성 피터와 폴(St. Peter & Paul)이라는 교회가 있었다. 성 베드로와 바울이라는 이 교회는 외양과는 다르게 내부는 여러 가지 조각들과 함께 화려한 장식을 가지고 있었다. 중앙의 화려한 제단은 물론 기둥마다 황금빛으로 된 장식품과 함께 천장에도 화려한 프레스코화가 그려져 있었다.

▲ 집들은 프레스코화로 장식되었고 온갖 색채의 인형들도 사람들의 눈길을 끈다.

　오버아머가우에서는 1634년부터 10년마다 한 번씩 그리스도의 수난극(Passionsspiel)을 공연해 왔다. 14세기 중엽, 중부 유럽은 흑사병으로 인구의 3분의 1이 희생되었는데 오버아머가우에서는 한 사람의 희생자도 없었다. 따라서 이곳은 이런 은총을 감사하게 여겨 수난극을 해왔다.
　수난극은 예수 그리스도의 고난과 부활까지의 이야기를 연극으로 만들어 공연하는 것이다. 이곳에는 약 5,000명을 수용할 수 있는 수난 극장도 있는데 5,200명이라는 이 소도시의 전체인구를 생각해보면 이 행사의 중요성을 알 수 있을 것 같았다.

▲ 목공예품을 파는 건물에 예수의 십자가상이 그려져 있다.

　1871년에는 루드비히 II세가 참석한 가운데 특별 공연이 있었는데 국왕도 감격하여 십자가 처형 장면을 묘사한 대리석 조각을 이곳에 선물했다고 하니까 루드비히 II세와 오버아머가우와의 인연은 아주 특별했다고 볼 수 있다. 린더호프성이 이곳에 없었다면 바이에른주의 주도인 뮌헨에 있어야 할 국왕이 어떻게 이 조그만 마을을 찾을 수 있었겠는가를 생각하면 더욱 그런 생각이 든다.

　오버아머가우의 거리에는 모두 다 아름다운 집들만 있는 것이 아니다. 배신자인 유다를 상징하는 '유다의 집'이며 예수의 십자가 처형을 명령한 본디오 빌라도를 가리키는 '빌라도의 집'도 있다. 왜 이런 자들의 그림까지 집에다 그렸을까 하고 의아심이 들지만 수난극에서는 이런 인물들을 빼놓을 수 없기 때문이라고 한다.

'유다의 집'은 낡았고, '빌라도의 집'은 현재 수공예 예술가들의 워크샵 장소로 이용되고 있다고 한다. 여하튼 이 조그만 소도시 오버아머가우가 이렇게 볼거리가 있는 곳인 줄은 몰랐다. 이곳에서 우리는 약간의 쇼핑을 하고 여기서 멀지 않은 곳에 비스라는 또 하나의 유명한 성당이 있다고 해서 차에 다시 시동을 걸었다.

이제 남부독일의 자동차 여행은 즐겁기까지 했다. 목적지를 설정하면 자동차는 자동으로 최단거리를 찾아가는 과정에서 아우토반으로 들어가는 아찔한 경험도 두 번이나 했다. 75세에 아우토반 주행을 처음 경험했던 순간을 지금도 잊을 수가 없다.

한번 들어가 보려고 시도한 것도 아니었다. 내비게이션을 따라 운전하다 보니 얼떨결에 2차선에 진입해 있는 나 자신을 발견했다. 지금도 기억이 정확하지는 않으나 차는 대략 160~170km 정도로 달리고 있지 않았나 생각되었다. 순간적으로 오른쪽 사이드미러로 1차선을 힐끗 보니 아주 멀리서 한 대가 질주해 오는 것이 보였다. 그 차는 순식간에 앞으로 내달리는 것을 보니 대략 200km로 달리는 것처럼 보였다. 옆에 있던 아내는 빨리 3차선으로 들어가라고 아우성이었다. 3차선도 100 내지 120km로 보였다. 이런 경험을 두 번이나 했다.

로코코 양식과
프레스코화로 유명한 비스 성당

오전 내내 오버아머가우 관광을 마치고 남쪽에서 북쪽으로 올라가자니 이제 집으로 돌아가는 여정만 남은 것 같았다. 지난 보름 동안의 여행이 좀 지루한 느낌도 들었지만, 자동차 여행을 하면서 즐거운 느낌도 들었다.

조금 지루하다고 생각한 까닭은 어디를 가나 판에 박은 듯이 교회, 왕궁, 박물관 등을 돌아봤기 때문이었고, 또 한편으로는 이제 완전히 자동차 여행을 즐기게 되면서 오늘 뮌헨으로 돌아가서 차를 반환할 계획을 바꾸고 대신 레겐스부르크에 가서 렌트 기간을 더 연장하기로 했기 때문이다.

비스 성당(Wies kirche)은 오버아머가우에서 얼마 떨어지지 않은 북쪽에 있다. 뮌헨에 안 가는 대신 일정에 없는 아우구스부르크를 잠시 들리기로 했는데 같은 방향이라서 잘되었다고 생각했다. 비스라는 마을에 있는 비스 성당은 겉모양만 봐서는 보통의 성당같이 보였는데 유네스코 등재 세계문화유산으로 내부 장식은 로코코 양식의 걸작으로 알려져 있다. 도시에서 떨어져 있으면서 광활하게 펼쳐져 있는 잔디 위에 비스 성당은 우뚝 서 있었는데 약간 흐린 날씨임에도 불구하고 관광객들은 끊임없이 들어오고 있었다.

▲ 유네스코 세계문화유산으로 등록된 비스 성당

▼ 로코코 양식의 걸작으로 알려져 있는 비스 성당 내부

한국에서는 보통 개신교는 교회, 천주교는 성당으로 구분해서 부르는 경향이 있는데 독일에서는 천주교, 개신교가 똑같이 교회(Kirche)로 불러 따로 구분을 하고 있는 것 같지가 않았다. 교회나 성당을 정기적으로 다니지 않고 있기 때문에 기독교에 대해서 완전히 문외한인 내가 두 종파에 대해 이야기하는 것은 무리일지 모른다. 또 평소에 기독교를 연구해 본 일도 없기 때문에 일상생활에서 그저 느낀 것을 토대로 개신교나 천주교에 관해 이야기한다면 편견이 지나치게 개입될 것 같아 주저하지 않을 수 없다. 그럼에도 불구하고 비스 성당이나 북쪽의 아우구스부르크를 방문하게 되어 마틴 루터에 관한 이야기를 하지 않을 수 없다.

마틴 루터(Martin Luther, 1483~1546)는 왜, 당초에 교황청에서 계획한 '커다란 용서'를 뜻하는 대사(大赦)에 그렇게 반발하고 비난했는가? 당시 가톨릭교회들은 신자에게 고해성사 이후에도 남아 있는 벌의 일부나 또는 전체를 사면했음을 증명하는 면벌부 또는 면죄부라는 문서를 팔고 있었다. 또 교회는 면죄부를 통해 조상들의 영혼까지 천국으로 인도한다고도 주장했고 심지어는 지옥에 간 사람도 천국으로 곧장 갈 수 있다고 했다. 더욱 황당한 일은 교황청이 당시 유명한 웅변가인 테첼이라는 사람을 고용, 그에게 신학박사를 주고 가는 곳마다 면죄부에 대해 웅변조로 설명하게 하자 사람들은 줄을 서서 사기도 하고 일부는 거금을 주면서까지 구입했다.

가톨릭 신부였던 마틴 루터는 교황의 이러한 행태에 크게 반발했다. 가뜩이나 가톨릭교회의 성물 판매와 성직자들의 타락을 언짢아하던 루터는 1517년 면죄부 건을 비롯해서 이제까지의 부정과 비리를 비판하는 의견서인 '95개조 반박문'을 비텐베르크(Wittenberg)대학 교회 정문에 게시하였다. 사실 중세 로마 교황청은 급속히 세속화되어 정치권력과의 유착, 교권의 부패, 성직매매 등이 횡행하였다. 이때에도 교황 레오 10세는 성 베드로 성당 개축비용을 마련하기 위해서 면죄부를 팔고 있었는데 그것이 실제로 마틴 루터의 종교개혁을 촉발시키는 직접적인 원인이 되었다.

비스 성당의 내부는 보면 볼수록 아름다워 우선 이 성당의 내력부터 살펴본 후 다시 마틴 루터의 이야기로 돌아가려고 한다. 비스 성당은 비스 인근 한 수도원의 수도사가 '채찍 맞는 예수'라는 목조상을 만든 후 교회행사가 끝나자 경배를 그만두고 그대로 방치했는데 바로 그 조각상이 눈물을 흘리는 기적이 일어났다는 소문이 퍼지자 순례행렬이 계속 줄을 이었다. 정말 그 예수상은 눈물을 흘렸을까? 한 농부는 눈물을 보았다고 했고, 수명의 신도들에게는 그 예수 목조상이 눈물을 흘리는 것처럼 보였다는 것이다.

수도원 관계자들은 우선 그 조각상을 안치시킬 작은 예배당을 만들었고, 1746년 도미니쿠스 짐머만이 건축하고 그의 형 요한 밥티스트 짐머만이 장식한 큰 성당을 다시 짓기 시작해서 1754년 완공하였다. 짐머만 형제는 우리가 뮌헨의 아잠교회에서 이미 보았던 아잠형제와 같이 바로크와 로코코 양식의 전문가들로서 비스 성당과 같은 걸작을 남겼다.

특히 알프스 협곡에 아름답게 펼쳐진 자연을 배경으로 비스 성당의 원형은 놀라울 정도로 잘 보존되었다. 밝고 생기 있는 실내장식과 화려하고 다채로운 프레스코화, 그리고 그림들 안에 있는 풍부한 주제와 인물들, 선의 유려함 등, 이 모든 것이 잘 어우러져 비스 성당 그 자체가 하나의 작품이 되었다. 도미니쿠스 짐머만은 자신이 지은 비스 성당의 아름다움에 스스로 취해 아예 이전의 거주지를 떠나 교회가 있는 소도시 슈타인가덴(Steingaden)의 한 마을인 비스(Wies)로 옮겨와서 1766년 사망할 때까지 살았다고 한다.

▲ 화려한 조각 속에서 예수의 몸에는 여러 개의 쇠사슬이 감겨있다.
▼ 분홍색의 기둥과 금박이 장식, 그리고 아기의 조각들이 잘 어우러져 있다.

▲ 비스 성당 내부
▼ 예수가 다른 죄수들 두 명 사이에서 십자가에 못 박혀 있는 그림

이제 다시 마틴 루터의 이야기로 돌아가면 루터는 1483년 아이스레벤에서 출생했다. 그의 아버지는 광부로 출발해서 나중에는 구리광산에서 존경받는 부유한 기업가가 되었다. 루터의 아버지나 루터는 당초에 변호사가 되기를 원했으나 1505년에 루터의 생애에 획기적인 전환을 가져오는 사건이 일어났다. 루터는 낙뢰로 거의 죽을 뻔한 사고를 겪은 뒤, 놀란 나머지 수도사가 될 것을 맹세하고 에르푸르트 수도원(Erfurt monastery)에 들어가 신학을 공부했다. 그는 1507년 신부가 되었고, 1508년 비텐베르크(Wittenberg)대학에서 도덕철학을 강의했다.

루터의 젊은 시절을 되돌아볼 때 그가 에르푸르트에서 보냈던 때가 정말 그에게는 고뇌의 시간이었다. 만일 수도사가 완전한 행동을 보여줌으로써 천국에 갈 수 있다면 자신도 갈 수 있는 사람들 중에 끼일 수가 있다고 확신할 정도로 루터는 자신에게 아주 엄격했다. 그리고 만일 에르푸르트에 좀 더 머물렀다면 언제나 맑은 정신을 유지하면서 항상 기도하고, 끊임없이 독서함으로써 자신을 고문했을 것도 알고 있었다. 그러면서도 종교의식을 철저하게 준수하는 것만으로는 마음의 평화를 얻을 수 없다는 것을 그는 알고 있었다. 오히려 신에게 어떻게 접근할 수가 있으며, 어떻게 신의 존재를 자기가 받아들일 수 있을지를 놓고 고민하고 또 고뇌의 시간을 보냈다. 그런 루터에게 면죄부 건은 도저히 용납할 수 없는 일이었다.

비텐베르크 교회 정문에 게시한 루터의 '95개조 반박문'은 큰 파란을 일으켰다. 루터는 신앙의 근거는 성서뿐임을 강조하였고, 가능한 한 성경을 통한 하나님과의 접촉을 가장 중요하게 여기며 하나님의 구원을 설파하였다. 그는 가톨릭교회의 교리와 폐쇄성에 의문을 제기하고 끝내는 교회와 교황의 권위를 부정하는 데까지 이르렀다. 교황청과 루터 간의 갈등이 심화되면서 1519년에 루터는 라이프치히에서 로마 교황이 파견한 특사인 요한 에크와 신학논쟁을 벌였다. 이 논쟁에서 엘리트 신학코스를 받은 에크가 이기고 루터는 베를린에서 한 시간 걸리는 비텐베르크로 쓸쓸히 돌아갔다.

결국 루터는 교황과 로마 가톨릭교회로부터 영적 독립을 선언하게 되었고 교황에게 반감을 가진 독일 시민들은 루터를 열렬히 지지하였다. 마침내 1520년에 교황이 루터에게 파문 경고장을 보내지만 루터는 이것을 대중들이 보는 앞에서 불태워버리기까지 했다. 상황은 점점 확대되어 신성로마제국의 황제인 카를 V세가 보름스에서 소집한 제국의회에 루터를 소환하였다.

죽음까지 각오한 루터였지만 보름스 회의에서 그에게 떨어진 것은 추방령이었다. 루터가 이렇게 교황과 외로운 싸움을 벌이는 동안 그에게 방호벽을 쳐주고 보호해준 사람은 독일 북동부에 있는 작센주의 프리드리히 선제후였다. 루터는 추방령을 받은 이후로도 프리드리히의 보호로 바르트부르크성에 은거하면서 라틴어로 되어있는 성경을 독일어로 번역하는데 몰두하였다.

루터가 조용히 은둔생활을 하는 가운데 바깥세상은 거대한 변화의 물결이 점점 일렁거리기 시작했다. 독일을 비롯한 유럽 전역에서 농민들이 권리회복을 부르짖는 소리가 높아지더니 이런 움직임이 도시 빈민층에까지 확대되었다. 말하자면 노동자와 농민이 자신들의 몫을 찾자는 운동을 벌이기 시작했다. 농민시위는 치열하게 전개되었다. 의외로 루터에게 곤란한 상황이 벌어졌다. 그동안 루터가 교황을 상대로 벌인 싸움에서 이제까지 버틸 수 있었던 것은 시민과 농민들의 열렬한 지지와 함께 막강한 프리드리히의 보호 때문이었다. 그런데 농민들에게 프리드리히는 착취자의 전형으로 비추어지고 있는 것이 루터에게는 하나의 큰 딜레마였다.

여기서 루터는 힘없는 농민보다는 힘 있는 선제후들을 지지하게 되었고 농민들의 시위 중지를 호소하고 심지어는 선제후들이 농민들을 무력으로 진압해주기를 희망했다. 루터의 설교 여행 중에 프리드리히는 사망하였다. 따라서 농민들의 지지는 물론 선제후의 지지마저 잃어버린 루터는 아우구스부르크 협상에서 자기의 주장을 수정하고 교황과 타협하지 않을 수 없었다.

농민 시위사태의 심각성은 소요 중 사망자 수가 10만 내지 15만에 이른 것만 봐도 알 수 있다. 봉기에 나선 농민들에게 루터가 해 줄 수 있는 말은 "인간은 신 앞에서는 평등하다"는 말뿐이었고 그 말은 현실에서 차별은 어쩔 수 없다는 의미를 풍기기도 했다.

루터의 종교개혁(Reformation)에 대한 후세의 평가는 다양하다. 물론 면죄부 판매에서부터 일이 시작되었지만 점점 교황의 압박에 못 이겨, 나중에는 루터가 상황을 통제할 수 없는 데까지 밀려서 일어난 개혁이라든가 또는 루터가 수도사로서 자기 자신부터 개혁하려고 출발한 것이 확대되었다는 평가도 있다.

또한 귀족의 지지를 기반으로 한 개혁이기 때문에 민중들에게 루터의 호소는 깊숙이 스며들지 못했다는 논평도 있다. 그러나 내 생각에는 중세의 한 축인 교회를 크게 각성시킨 결실뿐만 아니라 왕권과 함께 막강했던 교회의 권력이 국가권력 밑으로 들어온 것은 근대국가가 새 역사를 열어가는 데 크게 기여했다고 생각한다.

신 · 구교 간에 화해가 이루어진 아우구스부르크

세계의 역사에서 정치, 경제, 문화의 변혁사건을 좀 더 잘 이해하려면 그 시대적 배경을 함께 살펴볼 필요가 있다. 이 시대적 맥락을 지적·문화적 요인, 도덕적 요인, 사회적 요인으로 나누어 보기로 하자. 루터의 종교개혁이 힘을 얻게 된 데에는 14세기에서 16세기에 걸쳐 이태리에서 시작해 알프스를 넘어 프랑스, 독일, 영국 등으로 확산된 르네상스(Renaissance)를 들 수 있다.

문예부흥운동은 기본적으로 문화, 예술 전반에 걸쳐 그리스와 로마 문명에 대한 재인식을 의미한다. 더 나아가서 르네상스는 인간중심의 문화를 강조하기 때문에 인간이 자유를 찾으려는 기운을 고취시키기도 한다. 농민들이 영주로부터의 착취와 억압으로부터 벗어나 제몫을 찾고 자유롭게 생산 활동을 하려는 움직임은 르네상스의 시대정신과도 잘 부합된다.

루터는 자신이 에르푸르트 수도원에서 고뇌했던 것과 당시 가톨릭교회에서 횡행했던 면죄부 판매, 성직매매, 신부들의 문란한 생활과 너무 차이가 나는 것을 보고 크게 반발했다. 말하자면 도덕적 요인이 루터의 개혁운동을 추동했음은 물론이다. 봉건 사회의 붕괴 조짐과 농업경제로부터 상업경제로의 이행에 따른 사회구조의 변화 등 사회적 요인도 루터의 종교개혁 운동에 큰 영향을 미쳤다.

▲ 1620년에 건축된 아우구스부르크 시청사 건물
▼ 시청사 황금의 방에 있는 화려한 천장화

마틴 루터를 생각하면서, 또 자동차 여행을 연장했기 때문에 우리가 일정에도 없는 아우구스부르크에 도착한 것은 의미 있는 일이었다. 아우구스부르크는 바로 마틴 루터가 자기의 주장을 수정해서 교황과 타협한 곳이었다.

아우구스부르크 시청사에 게시되어 있는 설명문을 여기에 그대로 옮기면 다음과 같다. '16세기까지 그리고 그 후까지도 아우구스부르크는 종파문제에 있어서 협상하고 결정을 하는 공판장소나 다름없는 곳이다. 이 도시의 역사는 다양한 종파로 이루어진 한 사회에 일어났던 격변과 전진과 후퇴의 한 예이며 종국에는 화해가 언제나 가능하다는 사실을 보여주는 실례이기도 하다.'

정말 시청사 근처에는 개신교 교회인 성 울리히 교회가 있고 가톨릭 교회인 성 아프라 교회가 있다. 두 교회는 붙어 있다. 개신교를 최초로 공인하고 종교의 자유를 인정한 1555년의 아우구스부르크의 화의(Peace of Augusburg) 정신을 바탕으로 세웠기 때문이다.

1517년 10월 31일 마틴 루터라는 한 가톨릭 신부가 붙인 대자보로 시작된 종교개혁, 2017년이면 500주년이 된다. 현 프란치스코 교황은 2017년 10월 31일 스웨덴 룬드에서 열리는 종교개혁 500주년을 기념하기 위한 행사에 참석했다. 그는 "로마의 대주교이자 가톨릭교회의 사제로서 다른 교파의 기독교도들을 향해 저지른 반기독교적인 행위에 대해 자비와 용서를 구한다"고 말했다. 이어서 그는 "오늘날에도 전 세계의 형제자매들이 다른 기독교 교파에 의해 상처받는 일이 있으면 다 용서하기 바란다"고 그의 특유한 소통과 화해의 메시지를 전했다.

▲ 거리 중앙에 천주교 성 아프라 성당과 그 앞에 개신교 성 울리히 교회가 붙어있다.

▼ 천주교 성당과 붙어있는 개신교 교회인 성 울리히 교회 내부

마틴 루터와 종교개혁에 관한 이야기를 하느라고 아우구스부르크에 있는 우리 축구선수들에 관한 이야기를 빼놓을 뻔했다. 이 도시는 2013년 기준 인구가 약 27만 6,500명에 달하는 독일의 중급 도시이다. 2013년에는 아우구스부르크 팀에 한국 출신 선수가 세 명이나 있었다. 그들은 미드필더에 구자철, 공격수에 지동원, 수비수로 뛰는 홍정호이다. 한 팀에 한국 선수가 세 명이나 있으니 참으로 이례적이다.

나는 해외에서 활약하는 운동선수들이야말로 진정한 애국자들이라고 말하고 싶다. 언어, 음식, 문화도 생소할뿐더러 신체적 조건 등 불리한 점이 한두 가지가 아닐 뿐만 아니라 피눈물 나는 노력이 없으면 그 세계에서 살아날 수 없는데 그런 어려움을 극복하고 있기 때문이다.

축구 선수들로 이야기가 엇나갔지만 아우구스부르크는 종교적 도시이다. 종교개혁이 진행되는 동안 마틴 루터의 행보가 약간 흔들렸지만 그가 1518년 아우구스부르크에서 보인 모습은 그전 해 교황의 면죄부 판매를 비판한 '95개 논제'를 발표했을 때와 다름없었다. 루터의 행위를 괘씸하게 여긴 교황은 가에타노 추기경을 아우구스부르크로 파견해 교황을 대표하도록 했다.

추기경은 자기의 주장을 굽히지 않고 있는 루터에게 다음과 같이 물었다. "작센(Saxony) 제후가 지금까지 당신을 보호했으나 이제 만일 그가 당신을 버린다면 누구에게서 은신처를 찾겠는가?" 여기서 작센 제후는 루터를 보호했던 프리드리히 선제후이다. 마틴 루터는 "하나님이 만든 하늘의 은신처 아래서 찾지요"라고 서슴없이 대답했다고 하니까 종교개혁 초기, 루터의 행동은 용기 있고, 의연한 순교자의 모습과 다름없었다고 할 수 있다.

종교세와 교황청의 간섭에서 벗어나려는 영주들, 세금에 허덕이는 농민들, 가톨릭교회에 염증을 느낀 사람들이 루터를 열렬히 지지하면서, 구교와 신교 지지자들 간에 크고 작은 싸움이 그치지 않았다. 가톨릭도 면죄부 판매를 금지시키고 계속 팔던 성직자들을 쫓아내기도 하고 그들을 재교육시키면서 교회의 권위를 회복하려고 애썼으나 루터파의 확산을 막지 못했다.

가톨릭은 힘으로 신교를 제압하려고 했으나 그것마저 여의치 않자 1555년 결국 '아우구스부르크 화의'가 이루어졌다. 이때는 이미 루터가 소천(召天)한 지 거의 10년이 가까워서였다. 종교 간의 갈등은 정말 무서운 것이다. 서로 간의 종교를 인정한 화의가 이루어진 후 반세기가 지나도록 두 교파 간에 갈등이 계속되다가 1618년 드디어 전쟁으로까지 확대되었다.

▲ 아우구스부르크 대성당 입구

독일의 새 황제 페르디난트 II세가 신교를 금지하자 신교를 믿는 영주들이 대거 반란을 일으켰다. 이에 대항해서 독일 황제는 가톨릭 국가인 스페인에 도움을 요청했다. 그러나 그때까지 신교가 많이 확산된 영국, 네덜란드, 스웨덴이 개입하면서 독일 내의 전쟁이 유럽전쟁으로 확대되었다. 결국 1648년 오스나브뤼크(Osnabruck)에 각국 정상들이 모여 베스트팔렌 평화조약을 맺음으로써 30년 종교전쟁은 막을 내렸다.

아름다운 소도시의 전형인
밤베르크의 매력

　밤베르크에 대한 첫인상은 좋았다. 날이 어둡기 훨씬 전에 도착해서 주인집으로부터 열쇠를 받고 숙소에 짐을 풀었다. 주인집은 아주 오래된 고옥과는 어울리지 않게 New York City라는 술집을 1층에서 경영하고 있었고 2층과 3층은 방을 임대하고 있었다. 우리 숙소는 3층에 주방이 딸린 넓은 방에 침대가 셋이 놓여 있었는데 침대맡에는 각각 조그만 초 콜릿이 하나씩 놓여 있어서 주인의 섬세한 정성을 읽을 수 있었다. 주차장이 숙소에서 약간 떨어져 있었지만 자기도 차를 몰면서 친절하게 인도해 줘서 문제가 없었다.

　남해 독일마을 민박집에 왜 밤베르크 명칭이 붙었는지 밖으로 나와 강가를 바라보니 금방 알 수 있을 것 같았다. 레그니츠강과 마인강이 합쳐지면서 길게 펼쳐진 강변에 자리 잡은 밤베르크, 2009년 기준, 인구는 약 7만 명으로 소도시 중 작은 편에 속하면서도 관광객들에게 강한 인상을 주는 까닭은 1993년 구시가지가 유네스코 세계유산으로 지정되었을 정도로 중세도시의 모습을 그대로 간직하고 있기 때문이다.

▲ 레그니츠강 너머 두 개의 교회 첨탑이 보이는 밤베르크의 모습

　분명히 소도시는 나름대로 좋은 점을 많이 가지고 있다. 1980년대 초 TIME지는 2차 대전 후에 당선된 미국 대통령 중 보스턴에서 자란 케네디만 제외하고 모든 대통령이 소도시나 그보다 더 작은 곳에서 자랐다고 보도한 적이 있다. 나도 어린아이들의 인성 형성에 소도시는 긍정적인 영향을 미친다고 생각하는 편이다.

　'독일의 숨겨진 보물'이라고 알려져 있는 밤베르크의 도시역사에서 하인리히 II세의 역할을 간과할 수 없다. 그는 1007년 이곳을 주교관구로 만들었고, 그 후 1817년에는 이곳에 대주교관구가 설치되었다. 밤베르크 대성당은 1004년 하인리히 II세의 지시로 착공되었고 로마네스크와 고딕 양식으로 지어졌다. 1024년에 하인리히 II세는 이곳을 제국의 중심지로 삼았다.

▲ 레그니츠강변에 자리 잡은 전통가옥들의 아름다운 모습

　대성당 내에는 유명한 동상들이 있다. 하인리히 II세와 그의 황후인 쿠니군트 묘가 있음은 물론이고 교황 클레멘스 II세 등의 묘들도 있다. 밤베르크에는 대성당뿐만 아니라 중세시대에서부터 2,000여 점의 유산이 잘 보존되어 있다. 특히 쿠니군트 황후는 이 도시가 제2차 대전 때 연합군의 폭격을 피하게 해준 수호성인으로 추앙되어 밤베르크 거리에 동상으로도 서 있다.

▲ 두 개의 첨탑 중 한쪽이 보수 중에 있었던 밤베르크 대성당
● 대성당 속에 누워있는 하인리히 2세와 황후 쿠니군트의 묘
▼ 사람들의 표정이 모두 달라 웃음을 자아내는 대성당의 조각품

◀ 밤베르크의 구시가지 거리
▶ 대성당 내에 있는 돌로 된 조각

　밤베르크 대성당과 구(舊) 궁전은 기역(ㄱ) 자로 서로 붙어 있다. 구 궁전은 1571년에 착공해서 1576년에 완공되었다. 신(新) 궁전은 1695년에 착공해서 1704년에 완공되었다. 신 궁전도 맞은편에 있으며 지금은 모두 박물관으로 이용되고 있다. 특히 여름에 각종 전시회가 열리고 있는데 박물관에 게시된 내용을 그대로 여기에 옮기면 다음과 같다.

　전시회로는 〈100여 점의 걸작선, 크라나흐(Lucas Cranach), 브뤼겔(Pieter Bruegel)서부터 모더존(Otto Modersohn)에 이르기까지〉 그리고 〈밤베르크의 유대인〉이라든가 〈로마시기부터 1890년까지, 밤베르크의 19세기 부르주아 문화〉 같은 것들이 번갈아 열린다고 한다. 또한 유네스코로부터 상을 탄 유명한 작품도 전시할 때가 있고 소년소녀들을 위한 교육내용을 위한 전시물도 있으며 대체로 이런 프로그램이 크리스마스 때까지 계속된다고 한다.

▲ 대성당 쪽에서 밤베르크 시내를 내려다본 광경

　사실 밤베르크는 작은 도시이다. 아침 일찍 서둘러서 보면 오후 2시 정도 되면 대강 관광을 끝낼 수 있을 정도로 크지 않은 도시이다. 강을 오르내리는 유람선을 타도 한 시간밖에 걸리지 않는다고 한다. 거리에 전시한 조각품도 많고 강가에 있는 집들, 그리고 꽃들, 마음 같아서는 이곳에서 이틀 밤을 묵어도 좋으련만 어둡기 전에 가야 할 마지막 도시, 뷔르츠부르크가 남아 있다.

　어제 오후 밤베르크를 대강 둘러봤지만 오늘도 주차장에 가서 차를 꺼내 대성당 쪽으로 갈 예정이다. 집을 나서 강변 쪽으로 가면 구시청사를 볼 수 있고 그 건물에 얽힌 이야기를 하고 대성당 언덕으로 차를 몰아야겠다.

▲ 주교와 시민들 간의 갈등으로 다리 중간에 생기게 된 구시청사

밤베르크는 '작은 베네치아'라고 불리기도 한다. 정말 밤베르크의 우리 숙소는 맘에 들었다. 마침 일요일이라 1층의 술집은 열지 않았고 건물에는 우리 식구만 있어서 잘 쉴 수 있었다. 길옆에 있어서 시끄러웠던 레겐스부르크의 숙소와 자꾸 비교되어서 그런지 더욱 만족스러웠던 것 같았다.

9월 7일 월요일, 여행이 막바지에 들어섰다. 내일이면 뷔르츠부르크로 가서 차를 반납해야 한다. 붉은색과 오렌지색으로 된 건물이 구시청사 건물인데 우리는 앞으로 가서 사진을 찍었다.

◀ 측면에서 본 구시청사
▶ 구시청사 밑 도로

구시청사와 관련된 이야기는 다음과 같다. 밤베르크 구시청사는 레그니츠강을 가로지르는 두 개의 다리 사이에 있다. 구시청사는 11세기에 만들어졌고 14세기에 화재가 나서 15세기에 다시 지었다고 한다. 그런데 시청사를 다시 지으려고 할 때 주교와 시민들은 각각 자기 영역에다가 세우려고 해서 갈등이 일어났다. 결국 시민들은 강 주변에 인위적으로 조그만 섬을 만들어 양쪽의 중간에 현재의 독특한 모양으로 구시청사가 지어졌다는 것이다. 구시청사에는 붉은 벽화를 가진 뒤쪽 건물과 앞쪽 건물이 모두 포함된다.

▲ 대성당 맞은편에 있는 신궁전과 그 앞 광장이 시원해 보인다.

　오래된 유적지는 어느 곳이나 그 나름대로의 역사를 가지고 있다. 특히 화재를 겪은 유적지는 세계 어느 곳이나 많다. 하인리히 II세의 구궁전이 화마에 휩싸여 훼손된 후 지어진 곳이 신궁전이다. 신궁전, 구궁전, 그리고 대성당 앞에 있는 광장은 독일에서 가장 아름답다고 알려져 있다. 분명히 하인리히 II세는 1007년 신성로마제국의 왕이 된 후 밤베르크를 '작은 로마'로 만들려고 했다. 그런데 당시 밤베르크 땅은 뷔르츠부르크 주교 관할하에 있었기 때문에 협상을 통해 별개의 주교관구로 만들고 교황이 방문했을 때 이것을 실질적으로 인정받았다고 하니까 밤베르크에 대한 하인리히 II세의 애착이 어느 정도였는지 우리는 짐작할 수 있다.

▲ 성 미하엘 수도원의 첨탑과 신궁전 뒤쪽에 있는 장미정원의 광경

신궁전에서 시내로 내려가기 전에 또 한 곳을 더 봐야 하는데 그곳은 장미정원이다. 신궁전 뒤에 있는 이 정원에는 48가지 종류의 장미가 수천 송이가 되어 꽃을 피우고 있는데 정원에 산재해 있는 조각품들과 함께 관광객을 끌기에 안성맞춤이었다. 대성당과 신궁전이 있는 언덕에서 내려와 다시 시내로 들어왔다. 독일의 새로운 도시를 방문할 때마다 느끼는 것이지만 성당, 교회, 수도원의 옛 모습이 중세시대부터 잘 보존되어 왔고 나라 전체가 종교적인 색채가 강한 것처럼 느껴졌다.

◀ 예수 그리스도의 십자가상
▶ 우울해 보이는 젊은이의 표정

　그런데 어떻게 이런 나라가 한때 나치즘 같은 광기에 휩쓸릴 수가 있었을까 의아해하지 않을 수 없다. 또 홀로코스트를 보면서 누군가가 한탄했듯이 '음악의 나라', '철학의 나라', '예술의 나라'에서 어찌 이런 일이 일어날 수 있을까, 정말 이해할 수 없었다. 『자유로부터의 도피』의 저자인 에리히 프롬은 나치즘이 형성된 여러 가지 이유를 거론하면서 중산층 천주교인들의 침묵을 그중의 하나로 지적하기도 했다. 위의 사진에서 예수의 십자가상과 젊은이의 우울한 표정은 독일의 과거를 암시하는 것 같아서 씁쓸한 생각이 들었다.

역사와 순교의 이야기가
인상적인 뷔르츠부르크

뷔르츠부르크를 보면 하인리히 II세가 왜 밤베르크에 그렇게 애착을 가지게 되었을까 하고 의아할 정도로 이 도시는 아름다웠다. 시샘이었을까 아니면 그 당시에 이미 뷔르츠부르크는 주교의 권위가 막강해서 기득권을 넘볼 수 없었기 때문이었을까? 인구도 밤베르크보다 거의 두 배나 많고 도시의 경관 역시 밤베르크에 못지않을 정도로 아름다웠기 때문이었다.

아직 해는 안 떨어졌지만 오후 늦게 도착했기 때문에 호텔에 여장을 풀자마자 우리는 서둘러 멀리 언덕에 있는 마리엔베르크 요새(Festung Marienberg)를 향해 차를 몰았다. 차가 있을 때 한 곳이라도 더 보기 위해서다. 내일 아침에는 차를 돌려주어야 하기 때문에 마음이 조급해지는 것은 어쩔 수 없었다.

나는 이 도시에 한번 온 일이 있다. 1990년 케임브리지 대학에서 두 학기를 보낸 후 독일로 건너와 하이델베르크 교외에서 2주 동안 머물 때였다. 하숙집에서 아침을 먹으면 바로 전차를 타고 하이델베르크 대학 도서관에 있다가 저녁이면 전차를 타고 돌아오는 것이 일상이었을 때다. 그런데 하루는 도서관에 간 사이 누가 쪽지를 놓고 갔다.

▲ 뷔르츠부르크의 랜드마크라고 할 수 있는 마리엔베르크 요새
▼ 마리엔베르크 요새의 구멍 틈새로 아래를 내려다본 광경

▲ 마리엔베르크 요새로부터 내려다본 뷔르츠부르크 시내 광경

    뷔르츠부르크대학에서 공부한 친한 동료 교수가 지금 안식년을 와 있으니 놀러 오라는 내용이었다. 다음 날 뷔르츠부르크로 가서 하룻밤 자고 왔다. 친구는 부인과 딸과 함께 가족이 와 있었다. 그날 고성에 올라가서 시내를 내려다본 기억이 있다. 그때 나는 하이델베르크에 완전히 매료되어 있어서 감동이 적었는데 이번엔 이 도시를 다시 보고 '독일의 프라하'라는 표현이 빈말이 아니라고 느꼈다.

    마리엔베르크성은 시내를 조망해 볼 수 있는 곳이기 때문에 관광객들이 꾸준히 찾는 것 같았다. 그러나 우리는 워낙 늦게 도착해서 넓은 주차장에 우리 차를 포함해서 서너 대만 있었다. 그래도 온 김에 사진도 찍고 성구경도 했지만 박물관을 못 봤기 때문에 시간이 되면 버스를 타고 다시 올라와야만 했다. 차는 예정대로 내일 아침에 반환해야 한다.

아니, 자동차 이야기를 마저 해야겠다. 다음 날 짐은 호텔 로비에 맡기고 교외에 있는 AVIS로 가서 차를 반납했다. 그런데 직원이 차 주위를 서너 번이나 뱅뱅 돌면서 어디 긁힘(scratch)이 없나 하고 찾는 듯했다. 여하튼 차를 무사히 반납하게 되어서 마음은 한결 가벼워졌다. '시원섭섭하다'는 말은 이런 때를 두고 한 말인 듯하다.

마리엔베르크 요새로부터 어둑어둑해서야 호텔로 돌아왔는데 마침 근처에 베트남 식당이 있어서 저녁을 먹고 야경도 몇 장 찍고 호텔로 돌아왔다. 낮에 대강 둘러보고 온 마리엔베르크성에 대해 조금 더 설명해야겠다. 이 성은 1253~1719년에 주교들의 주거지로 쓰였고 처음에는 르네상스 궁전 스타일로, 다음에는 바로크식 요새로 변모되었다. 주로 박물관으로 이용되었으나 2차대전 동안 화재로 많이 훼손되었다가 1990년에 완전히 복구되어 45개의 방이 전시실로 선을 보이고 있다.

주교가 마리엔베르크 성에서 내려와 시내에서 거주할 목적으로 지은 것이 궁전이라고도 불리는 뷔르츠부르크 레지덴츠이다. 1720년 뷔르츠부르크 대주교인 요한 필립 프란츠 폰 쇤본(Johann Phillip Franz Von Schoenborn)과 그의 동생 프리드리히 칼 폰 쇤본(Friedrich Karl Von Schoenborn)의 지시에 의해 건축이 시작되어서 1744년에 완공되었다고 한다. 로코코 스타일의 내부 장식은 1780년에 완성되었다. 바로크 스타일의 이 건물 건축을 위해 이 방면에서 당대 최고의 건축가 중의 한 사람인 발트하살 노이만(Balthasar Neumann)이 심혈을 기울인 것은 말할 필요도 없다.

레지덴츠 내부는 황제의 홀, 정원 홀, 계단 홀 등 40개의 방으로 되어 있으며 프레스코화로 아름답게 장식되어 있다고 한다. 1806년부터 1813

년 사이에 세 번이나 이 레지덴츠에 묵었다는 나폴레옹조차도 "유럽에서 가장 아름다운 사제관"이라고까지 극찬했다고 해서 그런지 또는 보존 상태가 현재보다 더 악화될 것을 우려해서 그런지 내부 촬영은 허용되지 않아서 아쉬웠다. 또한 궁전정원은 1770년 이후 새롭게 디자인되었다고 했으며 다행히 레지덴츠 근처에 있는 궁전교회의 내부는 촬영이 허용되었다.

뷔르츠부르크 레지덴츠의 궁전교회는 언뜻 보기에 우리가 뮌헨과 잉골슈타트에서 본 아잠교회의 건축 양식과 비슷한 점이 있는 것같이 보였지만 구불구불한 두 개의 흰 기둥을 빼면 그렇지 않은 것이 확실해 보였다. 또 독일 남부의 교회에서 우리는 그동안 많은 프레스코화를 보아왔지만 우리 같은 아마추어의 눈에도 이곳의 그림은 너무 짙은 푸른색을 써서 밝은 분위기를 주지 못하는 느낌을 주었다. 나는 아무래도 오버아머가우 근처에 있었던 유네스코 등재 세계문화유산인 비스 성당(Wies kirche)의 프레스코화가 가장 멋있다고 생각했다.

그림에 문외한인 내가 뷔르츠부르크 궁전교회의 모습을 폄훼하는 것은 결코 아니다. 두 개의 꼬인 기둥이라든가 대리석 조각품, 프레스코화 등 모든 것이 아름답지만 비스 성당의 밝은 프레스코화를 더 선호한다는 이야기일 뿐이다. 이궁전교회도 프린스-비숍(Prince-Bishop)이었던 동생 프리드리히 칼 폰 쇤본 시대에 거장인 발트하살 노이만에 의에서 완성되었다고 한다.

프린스-비숍이란 직위는 자기가 살고 있는 지역도 통치하면서 주교의 지위도 가지고 있는 경우니까 왕권과 교권을 동시에 가지고 있는 막강한 직위를 가지고 있음을 뜻하는 것 같았다. 뷔르츠부르크 궁전교회는 다른 교회에 비해 규모가 작다고 하는 평이 있는데 왕이나 주교들이 미사를 드리기 쉽게 레지덴츠에 붙어 있다고 한다. 그리고 이 교회는 다른 곳과는 다르게 고해성사하는 공간도 없고 설교단(pulpit)도 없다고 한다.

▲ 뷔르츠부르크 레지덴츠 뒤의 정원에 있는 아름다운 조각
▼ 뷔르츠부르크 궁전교회의 내부 모습

어제 너무 늦어서 못 본 마리엔베르크 요새에 있는 박물관을 다시 보러 갔다. 아침에 차를 반납하고 교외에서 버스와 전차를 타고 레지덴츠로 바로 왔는데 대중교통을 이용하는데 아무런 불편함이 없었다. 짐은 호텔에 모두 맡겨 놓았기 때문에 이동하는 데에는 문제가 없었다.

2015년 8월 20일부터 9월 10일까지 독일여행을 했는데, 그해 2월 미국 서부 패키지여행을 끝내고 3일간 로스앤젤레스에서 자유여행을 하는 동안 버스 타기가 두려웠던 것이 생각났다. 지금으로부터 46년 전의 LA는 그 정도는 아니었는데 말이다. 친구가 라이드(ride)를 많이 주긴 했지만 LA는 그만큼 대중교통이 불편했기 때문이었다.

독일에서는 도시 간을 기차로 여행을 해보고 도시 내에서는 버스, 전차, 지하철을 모두 골고루 타봤는데 우선 승객들이 대중교통을 이용하는 비율이 높고 교통체계 역시 대중들의 수요에 맞추어 잘 짜여서 운용되고 있는 듯했다. 아주 복잡하지도 않으면서 승객은 많은 편이었고 기차만 승객이 많지 않아 언제나 편하게 이 도시에서 저 도시로 다녔다. 물론 지역 나름이겠지만 거의 50년 전 내가 LA에 1년 동안 살 때는 중산층도 버스를 많이 이용했는데 지금은 그렇지 않다고 한다. 여하튼 독일은 미국과 많이 달랐다.

또 한 가지, 사회학을 공부한 사람으로 독일을 여행하면서 제일 부러웠던 것은 인구집중이 심하지 않고 골고루 사람들이 흩어져 살면서도 생활수준의 차이를 느낄 수 없었다는 점이다. 한 나라 인구의 약 45% 정도가 서울을 비롯한 수도권에 몰려 사는 우리나라의 실정과 비교가 되지 않을 수 없었다. 잘 사는 나라를 여행해 보면서 내가 가장 부러워하는 현상 중의 하나가 균형발전이었다.

▲ 마리엔베르크 요새의 정원에서 내려다본 뷔르츠부르크의 모습

▼ 마리엔베르크 요새 밑에 펼쳐진 포도밭

여하튼 이제 승용차 없이 기차, 전차, 버스 등 대중교통을 이용하는 여행이 다시 시작되었다. 어제는 흐린 날씨였지만 오늘은 약간 바람이 불긴 해도 햇빛이 보여서 다행이다 싶었다.

레지덴츠를 구경한 후 전차와 버스를 이용해 마리엔베르크 요새를 다시 방문했다. 어제보다 날씨가 좋아져 요새에서 시내를 찍은 사진도 훨씬 밝게 나왔다. 사람들 중에는 뷔르츠부르크를 보면서 하이델베르크의 분위기를 연상하기도 한다. 언덕과 강과 시내를 한 번에 볼 수 있는 점은 비슷하다. 몇 십 년이 지나도 하이델베르크로부터 받은 강렬한 첫인상을 뇌리에서 지워버릴 수가 없을 정도로 그 도시는 아름다웠다.

미국의 많은 도시들, 뉴욕, 로스앤젤레스, 시카고, 보스턴, 워싱턴 D.C. 등을 보아왔고, 대학과 도시가 한데 섞여 있는 영국의 케임브리지도 아름답지만 나는 하이델베르크의 매력에 깊이 빠져들었다. 내가 하이델베르크에 있는 '철학자의 길(Philosophenweg)'에 올라섰을 때는 언덕에 온갖 꽃이 만발해 있었다. 날씨도 무척 좋은 날이었다. 그리고 네카강과 다리 너머 있었던 붉은 벽돌의 고성, 산 중턱 아래에 옹기종기 붙어있는 집들은 한 폭의 그림 같았다.

독일 도시들이 보여주는 그림에 비하면 멀리서 보는 미국 도시들의 천편일률처럼 비슷한 다운타운 스카이라인은 그저 밋밋한 사막의 오아시스처럼 보였다. 마리엔베르크 박물관은 기대 이하였다. 물론 그동안 많은 박물관을 봐서 우리의 눈이 한층 높아져 웬만한 구경거리는 성에 안 차는 면도 있지만 시간도 절약할 겸 대강 보고 다시 시내로 내려왔다.

뷔르츠부르크에는 성 킬리안(St. Killian)이라는 명칭이 거리나 교회 이름에서 자주 눈에 띄는데 마리엔베르크에 처음 터를 잡은 사람도 '킬리안'이라는 이야기가 있다. 뷔르츠부르크에서는 빼놓을 수 없는 킬리안에 대해 설명을 해야겠는데 순교자인 성 킬리안(St. Killian)에 얽힌 영문으로 된 이야기를 옮기면 다음과 같다.

◀ 성 킬리안 주교에게 봉헌된 뷔르츠부르크 대성당

▶ 노이뮌스터 교회의 외관

▼ 3인의 순교자 동상

아일랜드의 명문가에서 태어난 킬리안 주교는 686년 11명의 동료 성직자들과 함께 로마로 가서 교황(Pope) 코넌(Conon)도 만난 후 이곳 뷔르츠부르크에 도착했다. 당시 뷔르츠부르크의 영주는 고즈베르트(Gozbert)였는데 그는 자기 백성들과 마찬가지로 이교도 또는 다신교도(pagan)의 신분을 유지하고 있었다. 킬리안은 열과 성을 다해 공작과 그의 신하들 대부분을 기독교도로 개종시키는 데 성공했다.

　그리고 동료들 중 대부분은 선교를 위해 다른 곳으로 떠났고 오직 두 신부인 콜만(Colman)과 토트난(Totnan)만 킬리안 곁에 남았다. 그런데 그때 공작의 결혼문제가 터졌다. 공작 고즈베르트는 형수하고 결혼하려고 하던 참이었다. 이때 킬리안은 공작에게 형수인 가이라나(Geilana)와 결혼하는 것은 성경에 위배된다고 단호하게 말했던 것으로 기록되어 있다.

　문제는 킬리안이 결혼에 반대한다고 공작에게 말하는 소리를 가이라나가 우연히 엿들은 데 있다. 또 킬리안이 그때까지 가이라나를 기독교로 개종시키는 데 실패한 것도 상황을 악화시키는데 크게 영향을 미쳤다. 여하튼 상당히 격분한 가이라나는 공작이 없는 사이 뷔르츠부르크 광장으로 자기 병사들을 보내 킬리안과 두 신부의 목을 베어버렸다. 그때 킬리안과 두 신부는 그 광장에서 사람들을 모아 놓고 설교를 하면서 선교활동을 하고 있었다. 참으로 선교활동에서 때로는 목숨을 내놓아야 한다는 사실은 예나 이제나 변함이 없다는 생각이 든다.

　킬리안 주교와 두 신부의 순교가 있은 후, 뷔르츠부르크의 초대 주교가 된 성 부르카드(St. Burchard)가 킬리안 주교와 두 신부가 죽음을 맞이한 그 자리에 성당을 짓고 그곳에 묻혔던 순교자들의 유골을 발굴해서 성당의 지하 납골소에 안치했다. 그리고 그 성당을 킬리안 주교에게 봉헌했다. 킬리안의 영어 스펠은 Kilian과 Killian 두 가지이고, 아일랜드에서는 Cillian으로 쓰인다고 한다. Killian이라는 이름도 남아공, 호주, 벨기에, 미국, 그리고 일부 독일에서 세례명(Christian name)으로 아직도 많이 쓰여지고 있다.

뷔르츠부르크에는 고딕양식의 마리엔카펠(Marienkapelle) 예배당도 있다. 또한 12명의 성인 반열에 올라 있는 동상들이 서 있는 알테마인교(Alte Main Brucke)도 볼만한 곳이다. 오래된 마인강의 다리라고 할까. 도시를 따라 흐르는 마인강도 볼 겸 사람들이 제법 몰리는 곳이다. 다만 첫날 날씨가 흐렸을 때 사진을 찍어서 아주 어둡게 나와 여기에 실을 수 없는 것이 아쉬울 뿐이다.

여하튼 뷔르츠부르크는 아름다운 도시인데 한국에서는 하이델베르크, 뉘른베르크, 밤베르크보다 알려지지 않은 것을 매우 의아하게 생각한다.

이 책의 전반부에 소개된 스위스, 이태리, 프랑스, 스페인 등을 여행할 때 내 나이는 78세였다. 일행 중 내가 최고령이었고 다음 사람은 75세의 노신사였다. 서로 많은 이야기를 못 나눴지만 첫 대면 때 그분이 하던 말이 지금도 생각난다. "이번 여행은 내 자신을 시험해 보려고 온 것입니다." 어떻게 내 마음과 이렇게 똑같을까 하고 생각하면서 나도 머리를 끄덕였다. 말하자면 이 먼 거리 여행을 감당할 수 있는지 시험해 보려고 왔다고 했다.

나 역시 마찬가지였다. 이번이 유럽을 향한 마지막 나들잇길이려니 하고 떠났다. 그런데 여행 도중 아직까지는 할 만하다는 느낌이 들었다. 주제넘을지 모르지만 한두 번은 더 다녀올 수 있지 않을까 하는 생각이 들었다. 더욱이 이번 여행에서는 모든 사진을 내가 찍었고, 인솔자의 해설 들으랴, 현지에 써 붙어있는 설명문을 읽는 등 정신없이 보냈는데도 일행에서 거의 뒤떨어지지 않고 그런대로 버텼기 때문이다.

유럽의 도시 발전은 어떻게 이루어졌는가? 서구의 도시화는 2~3세기에 걸쳐 이루어졌기 때문에 도시의 성장과 발전이 효율적으로 이루어졌다. 반면에 한국의 도시화는 압축성장으로 국토의 발전이 불균형하게 전개된 경우가 많았다. 더구나 대도시나 소도시나 경제적 이해관계나 즉흥적인 도시행정과 지역이기주의 때문에 그 변화과정이 왜곡된 경우가 많았다. 인구규모의 적정성은 물론이고 건축물 하나라도 주변 환경을 고려해서 짓고, 도시 설계와 조경 등 건축의 요소들이 조화를 이루어 앞으로 태어날 신도시의 건설에 많이 반영되기를 바랄 뿐이다.

　물론 한국에도 아름다운 소도시들이 있다. 춘천시가 아름다운 호반의 도시라는 것을 우리는 익히 알고 있다. 수년 전 진주시와 서울시는 등축제를 둘러싸고 갈등을 빚은 적이 있다. 서울시의 청계천 등전시가 남강 등축제를 베꼈다고 진주시가 항의를 한 끝에 되돌려 받아서 나는 잘 됐다고 생각했다. 여수시가 엑스포를 계기로 전국적인 명성을 얻은 사실은 잘 알려져 있다. 한국을 처음 찾는 외국인들이 사람들이 들끓는 서울을 제쳐두고 전국의 소도시들로 몰려가는 날이 왔으면 좋겠다.

　만일 누가 언제 어떻게 여행하는 것이 좋겠는가 물으면 나는 서슴지 않고 8월이나 9월에 자유여행을 하는 것이 제일 좋다고 대답할 것이다. 2006년에 교직에서 물러났으니 정년을 맞아 퇴직한 지가 벌써 13년이 가까워오고 있다. 오래전부터 여행을 많이 다닌 것처럼 보이지만 실제로는 거의 모든 여행이 지난 15년 동안에 집중적으로 이루어졌다.

　그중에서도 2012년 9월 말에 8일 동안 중국의 고도(古都)인 서안, 낙양, 정주, 개봉을 여행한 일, 2015년 8월 말에 20일 동안 베를린과 독일 남부를 여행했던 경험, 그리고 2017년 8월 말에 16일 동안 동경을 비롯한 일본의 칸토 지방을 여행한 기억 등은 언제 생각해도 즐거운 추억으로 남아 있다. 모두 가족이 함께한 자유 여행이었고 그 오랜 여행 기간 동안 이틀 정도만 비를 만나서 쾌청한 날씨로 인해 여행의 즐거움은 배가 되었다.

서양의 한 저명인사는 "이 세상에서 가장 유쾌한 일 중의 하나가 여행하는 것이다. 여행의 진수는 자유에 있다. 마음대로 생각하고 느끼고 행동할 수 있는, 완전한 자유에 있다."고 말한 바 있다. 정말 가족들만의 오붓한 자유여행은 아름다운 것이고, 새삼스럽게 이렇게까지 말하는 것은 조금 우스운 이야기지만 생의 희열을 느낄 수 있다고 말할 수 있다.

그렇다고 여행이 언제나 즐겁고 유쾌한 것만은 아닐 수도 있다. 쾌적한 풍광, 이국 풍물을 처음 접했을 때의 신기함, 새로운 도시에 대한 기대 등으로 설렘이 있을 수 있지만 목적지를 못 찾고 계속 헤맬 때 느끼는 당황스러움, 사람이 많이 모이는 곳에서 가족들을 잃지 않을까 해서 가지는 초조함과 두려움, 그리고 무엇보다도 누적된 피로감은 여행을 빨리 끝내고 싶다는 생각까지 일으킨다. 그래서 누추하더라도 집에 돌아왔을 때는 '즐거운 곳은 내 집뿐이리'라는 노래의 한 구절이 저절로 나오는 것도 어쩔 수 없는 일이다. 그래도 몇 달이나 일 년쯤 지나고 나면 또 떠나고 싶고, 떠나게 되는 것이 사람의 마음이고, 이런 사람들의 마음을 끌어당길 수 있는 힘을 여행은 가지고 있다는 것을 인정하지 않을 수 없다. 그래서 수십 년 동안 나는 여행을 반복해 왔고 앞으로도 별다른 일이 일어나지 않는 한 이런 관행은 계속될 것이다. 그동안 변변치 못한 기행문을 읽어 준 독자들에게 다시 한 번 감사드린다.

사당동 우거에서
2019년 7월

작지만 아름다운 유럽 도시 기행

초판 1쇄	2019년 07월 12일
지은이	이효선
발행인	김재홍
디자인	이근택
교정·교열	김진섭
마케팅	이연실
발행처	도서출판 지식공감
브랜드	문학공감
등록번호	제396-2012-000018호
주소	경기도 고양시 일산동구 건달산로225번길 112
전화	02-3141-2700
팩스	02-322-3089
홈페이지	www.bookdaum.com
가격	15,000원
ISBN	979-11-5622-461-7 03810
CIP제어번호	CIP2019025971

이 도서의 국립중앙도서관 출판예정도서목록(CIP)은 서지정보유통지원시스템 홈페이지(http://seoji.
nl.go.kr)와 국가자료공동목록시스템(http://www.nl.go.kr/kolisnet)에서 이용하실 수 있습니다.

문학공감은 도서출판 지식공감의 인문교양 단행본 브랜드입니다.